光文社文庫

文庫書下ろし

東京すみっこごはん
レシピノートは永遠に

成田名璃子

光 文 社

この作品は光文社文庫のために書下ろされました。

東京すみっこごはん
— レシピノートは永遠に —

目次

章扉イラスト　石川のぞみ
目次・すみっこごはんのルール・章扉デザイン　bookwall

東京すみっこごはん　レシピノートは永遠に

共同台所

すみっこごはん

※素人がつくるので、まずい時もあります。

❖すみっこごはんのルール❖

ここは、みんなで集まり、当番に選ばれた誰かの手作りごはんを食べる場所です。

一　一ヶ月ごとに更新の会員制とします。

二　月初に一度、会費が発生するほか、参加日ごとに材料費を徴収します。
初回のみ、材料費のみでお試し参加可能です。

三　受付は五時半まで。三名以上、六名以下で実施とします。

四　くじで当たりを引いた人が、その日の料理当番です。

五　当番は、レシピノートから好きなメニューを選んでつくりましょう。
　その時、なるべくレシピ通りにつくってください。必ず野菜を入れること。

六　料理当番は、ずっと同じ人が担当しないようにしましょう。

七　いただきます、ごちそうさま、を忘れずに言いましょう。

八　たとえ出来たお料理がまずくても、文句を言わないで食べましょう。

九　食べ終わった食器は、ちゃんと自分で洗いましょう。

十　店の奥の椅子は永久予約席です。足りない時以外は動かさないようにしましょう。

次に生まれてくるなら女がいい。いや、やっぱり子供を産むなんてのは痛そうだから男がいいか。なんにしても、娘の父親だけはもう勘弁願いたいもんだ。

父親なんて、さんざっぱら娘を可愛がったって、ちょっと大きくなったと思ったら、くさいだのダサいだの好きに言われ放題。それだけ態度が悪くなった頃に、悪い虫の心配までしなくちゃいけねえし、学費もせっせと稼がなくちゃいけねえ。てめえの家のトイレや風呂の順番まで気を遣うんだから、たまったもんじゃない。

なあ母さん、なんだって娘なんて産んでくれたんだ。俺はその一点だけは、ちょっと恨むよ。これが息子だったら、俺だってもうちょっと上手くやれたんだ。

公園でキャッチボールだろ？（娘はダメだ、顔にボールなんて当たったら事だからな）木っ端と彫刻刀でオモチャづくりだろ？（娘はダメだ、指を切ったら可哀相だからな）キャンプも、釣りも、山登りも、娘はダメだ、危険が多すぎる。キャンプファイアーで焼死、海釣りで溺《でき》死、山の斜面で滑落死。ちょっと目を離した隙に誘拐。ダメだ、ダメだ、娘はダメだ。ああまったく、息子の父親だったらこんな心配とは無縁でいられたのになあ。

なあ、娘の父親なんて、損ばっかりだなあ。辛《つれ》えなあ。俺がもうちょっと、母親みたいにどっしり構えられていたら、あいつも出ていったりしなかったのかな。

何しろ、急に名古屋に行くなんて言われて、動転しちまったんだ。あいつの成績なら、東京の大学をいくらでも選べただろ？　それが急に「話があります」なんて、おまえそっくりの声と表情で、卓袱《ちゃぶ》台の向かいに座ってよ。俺はてっきり、高《たけ》えウィスキーを隠しておいたのがバレたのかと思った。まったく、あいつは母さんじゃないのにな。

とにかく、あの時のあいつの言葉、仏間まで聞こえていただろ？

「私、名古屋にある服飾専門学校に行きたい。いい先生が教えてるの」

ちょうど昼前で、窓の外には、梅雨の冷たい雨が降ってたよな。こっちは寝耳に水で、脳みそつんつるてんのところてんになっちまった。

何しろ、いきなり名古屋だぞ。大川を渡るどころの騒ぎじゃない。東京駅から新幹線で東海道をくだって、神奈川と静岡を越えた先にようやくあるんだ。母さんと新婚旅行で行った熱海《あたみ》よりまだ先の、ずっと先だ。

「なんだって名古屋なんだ。服飾なら東京のほうがよっぽど勉強できるだろう。ほら、なんだっけ、仁丹《じんたん》だか文旦《ぶんたん》だか、新宿にいい学校があるらしいじゃないか。いや、その前に、いつから服飾に興味を持ってたんだ。そんな話、一言も聞いたことがねえぞ」

ぎりっと睨《にら》んでやった。キツいようでも、それくらいでへこたれるようじゃ、とても外には出せねえからな。せいぜい、一年で尻尾巻いて帰ってくるのが落ちよ。

ところがあいつは、まったく落ち着き払ってたね。俺も、すぐに気がつくべきだったんだ。あの目の据《す》わり具合、母さんがいつだか俺に腹を立てて実家に帰った時とまったく一緒だったってな。

「父さんには言ってなかったけど、ずっと考えてました。服って、人の毎日の暮らしに寄り添うものでしょ？　その人が嬉しい時も、悲しい時も、一番近い場所でその人のことを包みこむものでしょ？　それってすごいことじゃない？　私、そういうものをつくる人になりたいんだよ」

いっぱしだろう？　実際、俺はちょっと感心したんだ。すげえこと考えたじゃねえか。

いい夢じゃねえかってな。それだけじゃない。あいつはこうも言った。

「お父さんだって、家具をつくるのって、そういう気持ちなんでしょ？　私、お父さんとおんなじような仕事がしたくて、服に興味を持ったんだよ」

ってな。泣かせるねえ、くすぐられるねえ。だから余計に、俺は怖い顔で尋《たず》ねた。

「考えはわかった。だけどやっぱり一点、俺にはわからねえ。なぜ名古屋なんだ？」

それまで揺るがなかったあいつの瞳が、一瞬、泳いだ。詰めの甘いやつだ。母さんからいいところをたっぷり受け継いだのに、詰めの甘さだけは俺が入っちまったんだな。

「それは、だから、いい先生がいるんだって。私、その人に教わりたいの」

「なんて先生だ」

「菊池《きくち》充《みつる》先生だよ。パリコレでもコレクションを発表しているすごい人だよ」

「その人は、東京では教えていないのか」

「それは、教えてるけど。でも、そこは学費が高いんだよ。年間、百五十万円だよ」

「払ってやるよ、年間百五十万円」

「え？」それは困る、と、染みだのニキビだのでいつも大騒ぎしているほっぺに書いてあった。そりゃそうだろう、名古屋に行きてえんだから。

「理系の大学に四年行くと思えば安いもんだ。その東京の専門学校に遠慮なく通え」

「で、でも、それじゃダメなんだよ。名古屋の学校は他にも施設が充実してるし、学校のキャンパスだって広いし、実習が沢山あるし」

用意していたパンフレットを、パラパラとめくるあいつの手は震えてた。

今だったらわかるんだ。親のいちばんの仕事ってのは、子を守ることでも何でもなく、ただ子離れすることだってな。だけどあの時の俺は、自分が子離れできてねえこともわからないまま、自立しようとしている娘を、かごの中に押し戻そうと必死だった。

「東京の専門学校だって、そのくらいあるだろう。とにかく、名古屋はダメだ。どうせちょっと一人暮らししてみたいなんて、浮ついた気持ちなんだろう。そんな甘い考えを許すほど俺は親切じゃねえ。話は終わりだ」

パクパクと小さく開閉する口元を見て、俺は親の役目を果たしたつもりになって、おめでたくも満足した。

なあ、母さん。本当に、今だったらわかるんだ。

俺はただ、向き合いたくなかったんだよ。

あいつが——由佳《ゆか》が、大人になりかけていることに。俺から離れていくことに。

ダメな父親だったなあ。本当に失格だったなあ。

そうだ、あいつは立派に育ってた。もう、俺が肩車でひょいと乗っけてやれた小せえ、小せえ子供じゃなくなってた。俺の姿が遠ざかると泣いて追いかけてくる雛《ひな》じゃなくなってた。

何しろ、おとなしく東京の専門学校の試験を受けたその裏で、名古屋の学校も内緒で受けて、いつの間にか奨学金まで取り付けていたんだからな。たいしたもんだろう？　さすがは俺達の娘よ。これには俺も、渋い顔のまま、あいつを送り出すしかなかった。

でもなあ、そのあとに起きることを知っていたら、俺は刃傷沙汰《にんじようざた》になったって、あいつを止めただろうな。それとも、この世の中がいかに危険に満ちた場所かをよおっく言い含めた上で行かせて、月に何度もあいつのアパートに通ったかもしれない。

わからねえ。今でも正解がわからねえんだ。

結局、何年やってもわからねえことだらけなんだな、親ってのは。

勝負にカツ丼

若葉が群れて、風に揺れているようだと思った。

少し大きめの制服に身を包んだ新入生達が、不安と興奮の入り交じった目をして校庭に整列している。微かなざわめきは、葉擦れの音だ。瑞々《みずみず》しい彼らの様子を眺めていると、きゅうっと胸が痛んだ。

「まあた瑛太《えいた》のこと考えてるだろ」

バドミントン部主将と副主将のコントにげらげらと笑っていた純也《じゅんや》が、げんこつで軽く頭を小突いてきた。

そうか、今はため息じゃなく、笑いのタイミングだった。

入学式のあとに行われる部活の勧誘説明会は、うちの高校の恒例行事だ。私のような帰宅部の三年生には縁がないけれど、各部の趣向をこらしたプレゼンテーションが楽しくて校庭の外れで見学している。

「あ、純也、おまえなあ、こんなところで油を売ってる場合じゃないだろ」

後ろから近づいてきて純也の襟首を摑んだのは、純也が所属するサッカー部の主将に就任した毅《たけし》君だった。

「急げ、次は俺達の番だぞ。東《ひがし》中の岩淵《いわぶち》をゲットできるかどうかは、おまえの勧誘にかかってるんだからな」

「でもあいつ、クラブチームのレギュラーだぞ？　いくら中学の後輩でも入部してもらうのは難しいって」

面倒そうな声をあげる純也には見えない角度から、毅君が私に向かって手の甲をしっしと前後させた。

言われなくても、そうしますよ。軽く舌を出して、早々に二人から離れる。

毅君は眉目秀麗、頭脳明晰、おまけにスポーツ万能で、サッカー部に入部してきた女子マネージャー全員から告白された記録を持っている学年一のモテ男だ。そんな彼が見初《みそ》めたのはなぜか純也で、私は毅君からライバル視されている。彼はいわゆるＬＧＢＴで、恋愛対象は男性なのだ。

バドミントン部が退場し、間もなく毅君率いるサッカー部が入れ替わりに現れた。堂々とした、けれど適度にユーモアの混じった毅君のスピーチに、男子よりも女子達がざわめく。校庭のあちこちから、スマートフォンで彼を撮影する音が響いた。

「そこの女子、俺達の写真を撮るなら」

低く発せられた声に、一瞬、ざわめきが静まる。

「試合の応援にも来てくれよな」

一転して晴れやかな笑顔をみせ、会場をどっと沸かせる手腕は大したものだった。つい先ほどまで、どこかしゃちほこばっていた新入生達も、一気にリラックスした空気を放ちはじめる。この分では、部員もマネージャー希望者も心配なさそうで何よりだ。

南中したばかりの春の太陽が、若葉達に穏やかな陽光を降り注いでいる。こんなにも春が祝福に満ちているから、やっぱり彼のことを考えてしまう。

彼――瑛太君は、この神様の贈り物みたいな一日に、どこで何をしているだろう。

見えない貧困という家庭の事情で、今目の前にいる新一年生達のように、何の疑問をもつことなく受験する道を選べなかった。将来について自分の希望が叶うと根拠もなく信じることを許されなかった。自己肯定感という、人生の終わりまで影響を及ぼす土台を築く機会を奪われてしまった少年を私は知っている。

最初は進学なんてというポーズを取っていたけれど、本心では皆と同じように高校へ行きたいのだと打ち明けてくれた。だから、私も、純也も、すみっこごはんに通う他の大人達をも巻き込んで、必死になって受験勉強をサポートした。成績がじわじわ上がってきた時の、あの眩《まぶ》しい笑顔。このまま行けば志望校に入れるねと話した夜の誇らしげな顔。けれど土壇場になって、瑛太君のお母様が職を失ってしまった。

手に入る寸前で奪われた希望は、どんなに瑛太君の胸を抉《えぐ》っただろう。

あの時、本当に進学を諦めるしかなかったのだろうか。私の力が足りないばかりに、掴みかけた手を再び離すことになってしまったんじゃないだろうか。

気がつくと、ぐっと拳を握りしめていた。

もう、あんな思いを誰かにさせるのは沢山だ。私は、手を差し伸べるだけではなく、最後まで支えられる人でありたい。そのために、自分が育たなくては。もっともっと、福祉について広く、深く、学ばなくては。

福祉科のある大学を既にいくつか調べてあって、あとはおじいちゃんと相談するだけだ。といっても、前々から「思うような道を行きなさい。じいちゃんはどんな道でも応援する」と言われているから、それほど揉めることもないと思う。つまり、私の選ぶ進路は、そのまま、何の障害もなく叶う可能性が高い。けれど、前進しようとする度に、足の裏に強い摩擦を感じるのはなぜだろう。

部活の新入生勧誘が落ち着く四月末、一回目の進路相談がある。

大事な節目を前に、私は理由もわからずに立ち竦《すく》んでいる。

ここのところ、放課後は連日すみっこごはんに通っている。

幼い頃から通っている庭のような商店街の目抜き通りを歩きながら、大分日が長くなったなと思う。授業のあと、ちょっと自習をしてから向かっても、まだ空はきれいなマーマレード色だ。

「おう、楓《かえで》ちゃん、今日はマグロが安いよ。あとで寄っていきなよ」

声を掛けてくれたのは、顔馴染みの魚屋さん。かと思えば、八百屋の奥さんが「楓ちゃん、当番になったら今日は椎茸《しいたけ》の肉詰めなんてどう？　いいのが入ったのよう」と笑いかけてくる。

「皆にも伝えておきます」

頷いてさらに道を進み、見慣れた細い路地に入った。すぐに、古びた一軒家とその入り口にかかる奇妙な看板が目に飛び込んでくる。

『共同台所 すみっこごはん ※素人がつくるので、まずい時もあります。』

ただでさえ風変わりな名前なのに、※以降の文言でさらに敷居が高くなってしまっている。それでもここは、私が三歳頃までお母さんと暮らした場所。大切な人達と出会った場所なのだ。

中から漏れ聞こえてきた話し声で、もう先客がいるらしいことがわかった。

たてつけの悪い扉を思い切りよく引いて、中へと足を踏み入れる。

「あら、楓ちゃん、今日はちょっとゆっくりだったわね」

ふくぶくしい頬を引き上げて笑うのはすみっこごはんの常連、田上《たがみ》さんだ。もはやすみっこごはんの一風景、いないほうが違和感があると言っても過言ではない、すみっこごはんのお母さん。しかし、田上さんとテーブルを挟んで向かい合っている人物の姿を見て、私は「あれ⁉」と声を上げてしまった。

彼は田上さんと違って、すみっこごはんの常連ではない。むしろ皆がごはんを食べ終わってから姿を現し、同じく常連の丸山《まるやま》さんや柿本《かきもと》さん、金子《かねこ》さん達と連れだって飲みに行くのが専門のはずなのに。

「どうしてこんな時間からおじいちゃんがいるの？」

「よお、受験生。ちゃんと勉学に励んできたか？」

手を挙げたのは、私のおじいちゃんで、ここ最近、私がこそこそと避けている人物だった。さては、こちらが進路相談の話題から逃げ回っているのに業を煮やして、ここまで追いかけてきたのだろうか。

身構えていると、次々と常連さん達が現れた。

「おーっす。おお、沢渡《さわたり》さん!?　今日はどうしたんです？」

多分、このあと行く小料理屋に思いを馳せて声を弾ませている金子さんが一人目。

「あれ、じいちゃん!?　何かあったのか？」

まるで自分の祖父のように呼びかけたのは、おじいちゃんの工房に弟子入りしている純也だ。

「ほんとに珍しいですね。沢渡さんがこんな時間に」

最後に現れたのは柿本さんで、金子さんが少し意地悪を言った。

「あれ、おいおい、柿本さんはちょっと人数オーバーじゃねえの？」

「けっ、細かいこと言うなよ」

全員ががやがやとテーブルにつくと、田上さんが流れるような仕草で菜箸に似たくじ引き棒を差し出した。

「あれ、ってことは、今日はじいちゃんも参加するのか?」

「まさか! 違うよね、おじいちゃん」

純也の声を焦って否定すると、おじいちゃんは涼しい顔で答えた。

「なんだ? じいちゃんがくじ引きしちゃ都合の悪いことでもあるのか?」

「そういうわけじゃ、ないけど」

こうして、すみっこごはん恒例のくじ引きを、なんとおじいちゃんもすることになってしまった。

さて、どうしていきなりくじ引きが行われるのかというと、すみっこごはんと名付けられたこの場所が、普通のごはん処ではないからだ。

ここは、看板にある通りの共同台所。会員になった人達が集まって、今のようにくじ引きで当番を決め、当たりを引いた人が料理当番となる。メンバーは、できあがった料理が絶品の時は舌つづみを打ち、絶望的な時も文句を言わずに食べることがルールに定められているのだった。

「あ、私だ」田上さんが差し出した束から一本引き抜くと、根元に赤い印が付いている。

「なんだ、楓が当番じゃ家で食べるのと同じだな。それじゃ私も手伝うとするか」

「え、いいよ。おじいちゃんは座ってみんなと話でもしててよ」

ぎょっとして押しとどめようとしたけれど、おじいちゃんは退かない。

「いいから。たまには一緒に料理でもしよう。メニューはカツ丼がいいな」

「え、カツ丼!?」「俺もちょうど食いたいと思ってた!」

純也と同時に反応してしまった。あまり乗り気ではない私に対して、ほかの皆はまんざらでもなさそうだ。

「いいわねえ、今日はウォーキングしてきたからお腹が空いてるし」

「俺も、減量で殺気立ってるジムのやつらの前じゃ食えねえから、願ったりだな」

「楓ちゃん、揚げ物の腕も上がってきたし、お手並み拝見だねえ」

金子さんは面白がってプレッシャーまでかけてくる。

「よし、それじゃ、買い出しに行こうか、楓」

「え、いいよ。一人で行ってくるから。おじいちゃんは休んでてったら」

おじいちゃんは、やはり進路について話したそうな空気を前面に押し出してくる。二人きりになったら、ここぞとばかりに私の将来についての考えを探りだそうとするに違いない。何もそこまで避けることはないのに、と自分でも自分を情けなく思いながら、食い下がるおじいちゃんを無理にその場に残し、そそくさとすみっこごはんを後にした。

何となくおじいちゃんと厨房に並ぶのが億劫で、商店街の外れまで足を延ばし、みつおか精肉店を目指すことにした。

ぶらぶらと歩きながら、同じく夕飯の買い物に出てきた人々と次々にすれ違う。親子連れ、エコバッグを抱えた女性達、会社帰りらしい男性、お昼から飲んでいたらしい属性不明、年齢バラバラの男女。

商店街は今日も賑《にぎ》やかで一本道の向こうに蓋をしているようなオレンジの空がきれいだ。ずっと高校生のままで、すみっこごはんに通っていられたらいいのに。そんなありふれた感傷は聞き飽きたとばかりに、月日は容赦なく過ぎ去っていく。

おじいちゃんは今頃、皆と世間話に花を咲かせているだろうか。

すみっこごはんは、変わった場所であるだけではない。私とおじいちゃんにとても縁の深い場所だ。なぜならすみっこごはんをつくったのは、他でもなく私のお母さんだから。

お母さんは、おじいちゃんにとっては、たった一人の娘だから。

おじいちゃんとお母さんは、私が三歳の時に、病気で亡くなってしまった。仲をこじらせていたおじいちゃんとお母さんは、お母さんが亡くなるほんの少し前まで、音信不通だったそうだ。ずっと近くにいたのに、おじいちゃんはすみっこごはんの存在さえ知らなかったらしい。下町育ちの頑固者が二人そろうと、そういう負の奇跡が起きてしまうこともあるのだろう。

なるたけゆっくりと歩いてみつおか精肉店にたどり着き、つやつやに輝く豚肉を割引してもらった。吸水シートに水気がたまったりしない新鮮なお肉はジューシーさが違うのだ。あとは卵と、付け合わせのキャベツをそれぞれスーパーと八百屋でそろえると、再びとぼとぼとすみっこごはんまで戻った。

驚いたことに、おじいちゃんはすでに厨房に立って、田上さんの副菜を大皿に移したり、白米を炊いたりしている。

「ぬか漬けを持ってきておいて良かったわあ」

「いやあ、いい漬かり具合ですな。味見のつもりが、キュウリを一本食べきってしまいそうですよ」

「ちょっとおじいちゃん、塩気は気をつけてったら」

「おお、こわ。年々、家内に似てきまして」

おじいちゃんの声に皆がどっと笑うから、結局私も笑って許してしまった。おばあちゃんは私が生まれる前、お母さんが中学三年生の時に亡くなってしまった。それでも、似ていると言われるとほんの少し嬉しくなる。

厨房に入ってレシピノートでカツ丼の手順を確認しようとすると、おじいちゃんが「ふむ」と頷いてノートを閉じてしまった。

「大丈夫だ。じいちゃんは全部わかってる。由佳のカツ丼は、沢渡家のカツ丼だからな」

はじめて耳にする話だった。

おじいちゃんが、厚切りの豚肉に手際よく切れ目を入れていく。

「ずいぶん上等な豚肉だなあ」

「うん。でも、かなり強引に値引きしてもらっちゃった」

「あそこの店主は楓に甘いからな」柿本さんが悪い顔で笑う。

味噌汁の出汁《だし》を取りながら、密かにおじいちゃんを見守った。さすが私を男手ひとつで育て上げてくれただけあって、迷いのない動作で次々と豚肉に衣をつけていく。幼い頃から、母親がいないせいで不自由な思いをさせたくないと、どんなに忙しい時でもおじいちゃんはお料理を頑張ってくれていた。

トンカツも、ほんのたまにだけれど、食卓に上ったことがある。しかしまさか、お母さんが遺《のこ》したレシピと同じやり方でつくられているとは考えたこともなかった。お母さんだって沢渡家の人間なのだから、当然といえば当然なのだろうけれど。

「勝負の日はカツ丼、だっけ」

幾度となく言われた言葉が自然と口から出ていく。

「その通り」

おじいちゃんはこちらを振り向いて笑った。

でも、どうして今日？　何か勝負なんてあったっけ？

尋ねようとしたけれど、その言葉が口から出ることはなかった。目の前で、おじいちゃんの動きが急に緩慢になっていく。

「おじいちゃん？」

おじいちゃんは応えず、手を腰に当てている。表情がゆっくりと歪《ゆが》んでいった。

「どうしたの？　もしかしてギックリ!?」

「じいちゃん!?」純也も異変に気がついて厨房へと急いで回り込んでくる。

「おいおい、なんだ、どうした!?」

柿本さんや金子さんも急いでやってきたけれど、誰よりも早く鋭い声で命じたのは田上さんだった。

「金子さん、救急車を呼んで！」

同時に、おじいちゃんがくぐもった声で唸《うな》り、床にうずくまったまま動かなくなった。

これは現実なんだろうか。おじいちゃんが人工呼吸器をつけている。威嚇《いかく》するようなサイレン音を響かせながら総合病院へと急ぐ救急車の中で、不吉に青白い顔をして、ストレッチャーに寝かされている。

狭い商店街の道からやっと出られたと思ったのに、いつも混みあっている環状線が待ち構えていて、これならいっそ、おじいちゃんをおぶって運んだほうが速いような気がした。

おじいちゃんは、もしかしてこのまま死んでしまうんじゃないだろうか。

今まで完全な他人事《ひとごと》として、「大変だなあ」などと安全な場所から同情の目で見つめていたあの車両の中に、自分がいる。

ああ私は、〝大変〟の意味を何もわかっていなかった。

突然、虚空に放り出されたような気になって、金子さんに肩を摑まれた。

「楓ちゃん、大丈夫だ。沢渡さん、さっきもちゃんと名前を言えただろう？　意識はあるんだから心配しすぎるな」

付き添いは二人までにしてほしいと言われて、金子さんが乗ってくれた。純也や柿本さんはすみっこごはんに待機しており、田上さんは一旦家に戻って、手術や入院などになった場合に備えて必要なものを揃えてくれている。

「大丈夫だ。ほら、顔色も大分戻ってきただろう」

とてもそんな風には思えなかったけれど、金子さんの声は落ち着いていて、私もようやく頷けるくらいにはなった。

運転手を除いて、隊員は二名。今、全力でおじいちゃんをケアしてくれている。

私が最近、おじいちゃんを避けていなければ、兆候くらい気がついたかもしれないのに。

自分の弱さが、ただ悔やまれた。

家から三駅ほど離れた場所にある大学病院の救急病棟に受け入れてもらい、金子さんや後から合流した柿本さんや純也、連絡を受けて駆けつけてくれた丸山さん達と一緒に検査の結果を待った。

「大丈夫だ。意識も大分しっかり戻っていたしな」

確かに、ここに運び込まれた時のおじいちゃんは「楓、もう帰って寝なさい」なんて場違いな心配をしていたくらい、元気を取り戻していた。それでも、倒れた時と同じ場所に手を当てていたのが気になった。

それから三十分ほどして、看護師さんから呼び出しがあった。ふっくらとした頬が、どこか田上さんに似ていて、知らずに涙ぐんでしまう。

「ええと、沢渡楓さんは？」

「私ですけど」

慌てて立ち上がったせいで、不格好にジャンプしたみたいになった。

「少し入院のことで説明があるので、来てもらえますか？　もしこの中にご親戚がいらしたら、いっしょに来てもらったほうがいいかな？」

私が高校の制服姿だったのが気になったのだろう。

「救急車にも乗ったし、俺、いっしょに聞こうか？」

金子さんが言ってくれたのは、多分、皆のいろんな事情を素早く判断した結果だ。

柿本さんはジムからチャンピオンが出て以来かなり忙しくしているし、丸山さんも定年を控えて引き継ぎが大変だとぼやいていた。田上さんがいたら手を挙げたかもしれないけれど、まだ自宅待機してもらっている。純也は、少し悔しそうな顔をしていたけれど、あいにく、私と同じ高校の制服に身を包んでいる一学生だ。

「お願いしてもいいですか」

一人で聞く自信はなかったから、金子さんの申し出はかなり有り難かった。動転している私と違って、やはり落ち着いた大人である金子さんは、さっそくもっともな質問を看護師さんに投げかけた。

「そもそも、先生からの説明は何かないんですか？　今日倒れた原因やら病名やら」

「先生からの説明なら、もう患者さんご自身に伝え終わってしまったんです。沢渡さんのたってのご希望で、まずは自分一人で聞きたいとおっしゃって。でも、それくらい元気が出たということなので、ね」

励ますように背中に手を添え、看護師さんは私と金子さんを小さな相談スペースのようなところへ連れていってくれた。

「さて、と。沢渡さんですが、あとでご本人からお話があると思うけれど、今は眠っているから私からお伝えしますね。結論から言って、胆石です。ご本人はすごく痛かったと思いますが、心配するほどじゃないのよ」

看護師さんの声は柔らかく、いたわりに満ちている。

「た、胆石!?」声が裏返ってしまった。

「ええ、胆囊《たんのう》にできていたそうよ。数で言うと五つ。時には百個を超える人もいますから少ないほうですよ」

その数に安心していいのかはわからなかったけれど、取りあえず致命的な病ではなかったらしい。

「そうだったんですか」気の抜けてしまった私の代わりに、金子さんが尋ねた。

「それで、胆石を取り除く手術をするんですね？」

「ええ。症状も強いようですし、ご本人も同意しておられますので」

「おじいちゃんがそう言うなら――でも、命に別状はないんですよね？」

看護師さんがほんの一寸、間を取った。

「一般的な手術である、ということは言えますね。でも、体にメスを入れる行為ですから、百パーセントはありません。もっとも、これは盲腸の手術を行う患者さんやご家族にも必ずお伝えすることなんですよ。同意書なんかも、改めて読んでお名前をいただくことになると思います」

「そうですか」

安心してしまって、短く返すのが私としては精一杯だ。

つづけて手術入院に必要な準備を丁寧に説明してもらった。自宅待機してくれている田上さんに電話で相談すると、それらを予想してとっくに品物を用意してくれており、すぐに持ってくるという。

「やっぱりこういうのは、女の人が強えな」

厨房では段取りの鬼である金子さんが舌を巻く手際の良さだった。

その後、皆といっしょに、一般病棟へと移されたおじいちゃんのもとを訪ねた。おじいちゃんは点滴を受けながら、ベッドに横たわって眠っている。鎮静剤が効いているのだそうだ。

「びっくりしたなあ。でも、原因がわかって良かったじゃねえか」

「でも、なんか歳取ったんだな、じいちゃん」

ただ頷くだけの私に代わって、純也が、柿本さんの声にしみじみと答える。眺めている間も、おじいちゃんの腕に、点滴の透明な液体がぽとりぽとりと落ちていく。

今、ではなかったにしても、おじいちゃんだっていつかはいなくなるのだという普遍的な事実にガツンと頬を殴られ、病室の固い床さえもふわふわと頼りなく感じられた。

翌日、病室で目を覚ますと、おじいちゃんがすでに起き上がって暢気《のんき》にお茶を啜《すす》っていた。一応、患者の家族用の布団を借りたのだけれど、薄かったようで少し体の関節が痛い。

「おはよう。家に帰ったほうがきちんと眠れたろうに。悪かったなあ」

ベッドの上で頭を掻いた拍子に、めくれたパジャマの袖から腕の止血ガーゼがのぞいて痛々しかった。私の視線に、おじいちゃんが同意を求めるように顔をしかめる。

「大げさだよなあ。近頃じゃなかなか死なせてもらえないってのは本当らしいな」

はっはっはと笑う声には、しかし、いつものような力強さがない。

「病人は大人しくしてて。胆石なんて、ほんとに驚いたんだから」

「無症状の人達も大勢いるんだが、じいちゃんの石はハズレだったらしい。悪かったな、心配させちまって」

腰に手をあてて、無念そうにさすっている。

おじいちゃんが動いて、喋っている。おじいちゃんは、ただ生きてくれているだけで奇跡だったのだと、急に視界が開けたように気がついて、つんと鼻の奥に刺激が走った。

「なんだ、珍しい生き物でも見るみたいな目をするな。じいちゃんは人間だ。いや、本当に人間だったかな」

刺激が素早く引っ込む。

「くだらない冗談を言わないで。とにかく、大事にしていてよね。放課後また来るから。あ、田上さんが、私が学校に行っている間に、昨日間に合わなかったものを揃えて来てくれるって。あと、三崎《みさき》のおじさんに電話しておいたから」

「なんだよ、こんなことでいちいち連絡しなくていいよ」

「でも驚いたんだもの。今日、おばさん達とお見舞いに来るって」

「なんだ、あいつ。暇なのか？」

三崎のおじさんというのは、神奈川で漁業を営むおじいちゃんの兄だ。ごくたまにしか往き来はないけれど、おじいちゃんとは仲のいい兄弟で、会えば必ず二人で深酒をしている。

「まったく、病院ってのはいつ来ても嫌なもんだなあ」

少し萎《しお》れた声にこちらも胸を衝かれたけれど、敢えて明るい声を出した。

「だったら、早く元気になって出てきてよね。それと、こんな時だけど、放課後ちょっと進路のことで話があるから」

「おう、わかった。何を言われても反対はしないつもりだけどな。さ、あとは朝飯食って検査するだけだからもう行け」

おじいちゃんは、ほんの少し疲れた様子で、手で払う仕草をした。

「三者面談までには退院してよね」

少し大げさすぎるほどの笑顔で告げ、病室をあとにした。

次々と葉を出しつつある生のエネルギーに溢れた藤棚のつるの下、純也があっという間にお弁当をたいらげ、さらに購買で手に入れたサンドイッチに手を伸ばしている。

「へえ、それじゃ二人で相談もあるだろうから、俺は楓と少し時間をずらして見舞いに行ったほうがいいかな」

「うん、そうしてもらえると助かる」

「それにしても、なんで急に気持ち変えたわけ？　あんなにじいちゃんと話すのを渋ってたくせに」

純也には、ここ最近の心の揺れを正直に話していた。俺じゃなくてじいちゃんに話したほうがいいと散々せっつかれていたから、驚くのも当然だ。

「おじいちゃんに話せるのって、すごい贅沢だってわかったから」

自分の言葉が、自分の想いとあまりズレないのは珍しい。私は言葉通りに、おじいちゃんと話せるという贅沢さに感謝していた。

今回の騒ぎは、おじいちゃんがいるという奇跡的な幸せに気づけていなかった私を見かねて、おじいちゃんの胆石がわざと起こしたものではないかとさえ思う。

おじいちゃんがいてくれるだけで、この世界は天国みたいに完璧なのだ。いや、それは縁起がよくないたとえか。

「そうだよな。俺も一瞬、ドキッとした。胆石だって聞いて、ずっこけそうになったけど、それだって甘く見てたらまずいことになる場合もあるらしいし。俺達で末永く面倒みような、じいちゃんのこと」

今、さらっとすごいことを言われたような気がしたから、素早く話題をそらした。

「そういえば、例の後輩、勧誘できそうなの？」

「ああ、東中の岩淵な。一応誘ってはみたけど、無理だろうなあ。あいつ、すげえ上手いし。うちレベルのサッカー部なんてもう目じゃないって感じ。今年で俺も最後だし、あいつが入ってきたら心強いけどな」

いったん言葉を切り、純也が頬杖をついて藤棚の向こうに目をやった。校舎の敷地が終わり、フェンスの向こうに民家が建ち並ぶここは、学校のすみっこだ。

「色々と変わっていくな。ついこの間、入学したばっかしなのに」

純也がため息をついた。私達を取り巻く環境も変わりつつあるけれど、そのことを口にする本人がいちばん変わったと思う。横顔からは肉が削げ、まだどことなく華奢《きやしや》だった十六歳の頃に比べると驚くほど精悍《せいかん》さが増している。

あなた、誰？

一年生の頃の私が今の純也を見たら、一歩後ずさってそう尋ねたかもしれない。睫毛《まつげ》の長さは相変わらずだけれど、背は十五cm以上伸び、ひょろりと細長かった腕は握りこぶしをつくるとぐっと筋が出る。もう、幼かった頃のように、腕ずもうで連勝して泣かせることは永遠にできないのだと思うと無念だ。あの頃の勝利を、もっと徹底的に味わっておくべきだった。

「変わるって、なんかつまんない」

口をとがらせた私を、純也が笑って受け流す。その大人びた反応も、何だか面白くない。それでも、おじいちゃんがいてくれるから。今日も会いにいって話せるから、それでいいのだ。

藤棚からの木漏れ日が純也の夏服に葉陰を描き、とてもきれいだった。

放課後、おじいちゃんを訪ねると、病棟に旧い知り合いがいたとかで、話し込んで笑っていた。

茂原《しげはら》さんといって、なんでもおじいちゃんの中学の時の先輩だという。

「こんな可愛いお孫さんがいるとは果報者だな。楓ちゃん、今度、おじいちゃんの昔の話を教えてあげよう」

痩せてはいたけれど、しごく元気そうな茂原さんを見送ったあと、おじいちゃんのベッド脇にパイプ椅子を開いて座った。

「今日どうだった、学校は。楽しかったか」

「うん、まあ、普通かな。純也があとで来るって言ってたよ」

「なんだ、じいちゃん、何にも休めないな。さっきまで三崎からも来てたしな」

「あ、私もおじさん達に会いたかった。もう帰っちゃったんだ」

「明日も早いんだそうだ。しらすがシーズンだからな。楓によろしく言ってたぞ」

言いながら、紅白の水引で結ばれたお見舞いののし袋を手渡してきた。

「三万円あるから、それで参考書でも買いなさい」

「ダメだよ。これはありがたくおじいちゃんの入院費用にさせてもらいます。あと、お返し、渡しておくね」

「ああ、受験生にそんな気遣いさせてすまないな」

「いいの、田上さんがそういうの任せてって言ってたから、甘えちゃおうと思って」

すでに田上さんからお返し用のカタログまで手渡されていて、さすがとしか言いようがない。

「そうだ、退院したら、久しぶりにおじさんのところに遊びに行く？」

「そうだなあ、しばらくあっちに顔を出してないし、それもいいな」

おじいちゃんとお茶を啜っていると、昨日のことが嘘みたいだ。

ずずっと湯飲みを空にしたあと、おじいちゃんが尋ねてきた。

「それで？　進路相談がなんだって？」

「あ、うん」

少し動悸がしたけれど、覚悟を決めておじいちゃんに正直に打ち明けることにした。

「私さ、大学で福祉の勉強をして、いずれすみっこごはんに戻ってきたい。それでゆくゆくは、すみっこごはんをもっと色んな人達を受け入れられる場所にしたいと思ってるの」

たとえば、瑛太君みたいな子を大学入学まで無事にサポートできる場所にしたい。たとえば、毎日お腹の空いている子を毎日満腹にできる場所にしたい。皆が集まってごはんを食べて、ちょっと元気になれる場所。そういう今のすみっこごはんだって十分にすごい場所だけれど、その温もりの外にはあまりにも残酷な世界が広がっている。

私の決意を聞いたおじいちゃんは、破顔した。

「いいじゃないか。人様の役に立とうっていう心がけは立派だぞ」

「それだけじゃないよ。あのね、大学在学中に、福祉先進国のデンマークに留学しようと思ってるんだけど」

「いいじゃないか、いいじゃないか。留学、大いにけっこう。じいちゃんは大賛成だ」

あまりにもすんなり頷くから、こちらは逆に口が尖《とが》っていく。

「ねえ、おじいちゃん、ちゃんと聞いてる？　東北とか四国とかじゃなく、デンマークだよ？　反対しないの？　おじいちゃん、お母さんが名古屋に行くってだけで大反対したって、三崎のおじさんから聞いたことあるよ？」

「だから、だ。じいちゃんは、楓が考えていることを尊重するんだ。第一、福祉の勉強をしたいって志に対して反対する理由がどこにある？」

「そうなんだけど。実は私自身、迷ってるところがあって」

ここからだ。この先をどう言えばいいのか難しくて、おじいちゃんに話すのをぐずぐずと先延ばしにしていたのだ。

「何だよ、どういうことだ？　他にもやりたいことがあって決めかねてるのか」

「うん、まあ、そう」

それも話してみろ、とおじいちゃんが無言で促してくる。大きく息を吸って吐き出した。反対されるとしたら、こっちのほうだとわかっている。

「高校を卒業したら、進学しないですみっこごはんの運営に専念したいっていう気持ちも同じくらい強いの」

今度はおじいちゃんも、微かに目を見開いた。

「ってえのはつまり、進学しねえってことか？」

ほら、江戸弁が強く出るのは驚いている証拠だ。

「そう。そういうこと。反対、だよね」

おじいちゃんは、ぐぬぬと漫画みたいに唸ったあとで腕組みをし、ぽつぽつと穴の開いているデザインの白い天井を仰いだ。それでも、少し後に「うん」と気合いを入れるように頷いてみせる。

「いいじゃないか。言ったろ？　じいちゃんは反対なんてしない。楓は自分の頭で考えて、自分で答えを出すんだ。じいちゃんはその答えを黙って応援する。人なんて、てめえで選んだ道だからこそ、何があっても歯をくいしばって進めるんだからな」

あまりに物わかりのいい態度に、肩すかしを食らってしまう。いっそ、進学しないなんて絶対にダメだと大反対でもされたら、反抗心からそちらの道に進む力が出たかもしれないのに。

そうか。結局私は、おじいちゃんに進路を決めてもらおうと無意識に甘えていたのか。

「もう少し、考えてみるよ」うなだれて告げる。

「ああ、もちろんだ。どっちの道を選んだって、じいちゃんは楓を誇りに思うぞ。それと、三者面談までには退院して出席するからな」

「ええ!? だって、三者面談、今月末だよ? そんなにすぐ退院できないでしょ」

「今どき、内視鏡手術なんて日帰りで退院する患者もいるくらいだぞ。心配するな」

「そうだけど。あんまり簡単に考えないで。おじいちゃんは老人なんだからね」

「言いにくいことというなあ、おまえは」

おじいちゃんはそれから、退屈だと言っては病棟をうろうろと歩き、看護師さんには内緒でコンビニのケーキを買って私と半分ずつ食べた。

昔は辛党だったおじいちゃんだけど、ここ最近、スイーツに目覚めたらしく、よく私とシェアするようになっているのだ。

有り難い時間だ。一瞬一瞬が奇跡だ。

おじいちゃんが本当に三者面談までに退院できるよう、病院の帰りに近所の八幡宮へと立ち寄り、少し長い時間手を合わせて祈った。

＊

八幡様のご加護があったのか、おじいちゃんの手術は滞《とどこお》りなく行われ、一週間後には退院の運びとなった。当日は三崎のおじさんやおばさんも駆けつけてくれたし、しばらくはご近所やすみっこごはんの皆から日替わりでいただいたお見舞いの手料理が食べきれないほどだった。

「へえ、それじゃ、本当に間に合っちゃうんだね、三者面談」

久しぶりに訪れたすみっこごはんで、向かいの席に座った奈央《なお》さんが少し涙ぐんでいる。当番は田上さんで、生姜と甘味噌の利いた鯖《さば》の味噌煮と、小松菜とお揚げのお味噌汁、それにいつもながら田上さんが持ち込んでくれた副菜で、田上さん尽くしのお料理が並んでいる。

「おじいちゃん曰く、蕎麦《そば》とどじょうを食べて育った人間は生命力が違うって」

「はは、江戸前だなあ」珍しく声を上げて笑ったのは柿本さんだ。

副菜のなめこ大根をごはんに回しかけながら、奈央さんが尋ねる。

「そういえば柿本さん、少し痩せたんじゃないですか？」

「ほんとよ。ちゃんと食べてるの？」

田上さんも厚揚げとしめじの煮物を頬張ったまま頷いた。

「まあ忙しいからここにいる時以外は適当に済ましてたな」

「そんなのダメですよ。柿本さんは体が資本なんだから」

「そうだよな。気をつけるわ」

珍しく素直に頷く柿本さんに、思わず皆で顔を見合わせてしまった。

柿本さんは、別名渋柿とあだ名されるほどの毒舌家で、いつもなら「けっ、人の心配するぐれえなら自分のダイエットでも頑張れよ」などと言い返すのがらしい反応なのだ。

「疲れは良くないですよ。我々は既にじじいなんですから。一日の時間で言うと、もう夕暮れも終わった辺りです」

そう言うのは、口調は丁寧でも、言葉の辛辣《しんらつ》さでは柿本さんといい勝負の丸山さんだ。今だって人によっては傷つく言葉なのに、柿本さんは力弱く笑っただけ。

「はは、そうだよなあ」

柿本さんから渋味が抜けてしまったせいか、その後の会話もいまいち決め手に欠けたような味の薄いやりとりがつづいた。もっともそれは、私がその後に控えている相談事に気持ちを奪われていて、あまり皆との会話に集中できなかったせいかもしれない。

この後、奈央さんから話があると言われ、田上さんと二人で聞くことになっているのだ。私も、ここぞとばかりに進路について相談したいと二人にお願いしていた。

そんなわけで、丸山さんと柿本さんが連れだって居酒屋へと繰り出したあと、女性陣はすみっこごはんに残った。田上さんがお茶を淹れてくれ、三人で湯飲みを両手で包みながら、まずは他愛もない話に興じる。世代はバラバラだけれどちょっとした女子会のようで、本来なら楽しいひとときだ。それでも、やはりなぜか会話が薄味に感じられる。

どうしてだろう。

違和感の正体がつかめずに戸惑っていると、奈央さんのほうから話題を振られた。

「それで、楓ちゃん、進路相談ってどんなこと？　ついに将来の道を決めたの？」

「イエス、でもあり、ノーでもあるというか。目指す方向は同じなんですけど、二つの道で迷っていて」

「なるほど、アプローチが一つじゃないのね」

私は、興味に目をらんらんと輝かせる田上さんと、少し心配そうな顔をする奈央さんに、去年からずっと迷っている二つの道について話して聞かせた。

大学へ進学して、すみっこごはんへと戻ってくるか。それとも高校卒業後、すぐにすみっこごはんへ戻ってくるか。

奈央さんと田上さんが、二人で顔を見合わせている。

「あの、私の迷いってそんなに変でしょうか」

「ううん、変ってことじゃないんだけど」

奈央さんが迷うような顔をしたあとで、逆に質問を返してきた。

「ね、そもそも楓ちゃんがすみっこごはんを大きくしたいっていうのは何のためだっけ？」

「それは」答えながら、瑛太君の顔が浮かんでくる。

「もう二度と、瑛太君の時のようなことが起きないためです。もっともっと、すみっこごはんが、たくさんの人達の救いになるような場所になれたらいいと思っています」

「そうね。そういう楓ちゃんの考えに反対する人はいないと思うわよ」

田上さんが、ふっくらとした頬をさらに盛り上げて微笑した。

「でもね、その目的がきちんとわかっていながら、どうして迷うのかしら」

じっとこちらを見つめる四つの目に、少し息苦しさを感じる。

「それは、やっぱり迷いますよ。だって、今こうしている間も、お腹を空かせている子がいるかもしれないし。一人ぼっちで、家でごはんを食べている子だっているかもしれないし」

「だから？　それは彼らの人生であって、楓ちゃんのじゃないわよ」

「そんな言い方、いくら田上さんでも酷いじゃないですか。彼らは毎日、苦しいんですよ。未来の夢さえ見ることが許されないかもしれないのに、彼らを放って私だけ大学に行くなんて」

その瞬間、心のある部分を覆う膜に触れたような感覚があった。田上さんの視線に捉えられて、身動きがとれなくなる。

「自分だけ望み通りに大学に行くのは、申し訳ないと思ってしまう?」

「そんなこと――」

「もっと言うと、自分だけ希望の進路をかなえるなんて、高校に行きたくても行けなかった瑛太君に申し訳ないと思ってるんじゃないの?」

意外な言葉に、どう答えていいのかますますわからなくなった。田上さんの声はごく穏やかなのに、先端が細く尖っていて、膜を容赦なく突き刺してくる。

隣にいる奈央さんがさほど驚いていないのを見て、このことはきっと、二人の間ではとっくに話し合われていたのだと悟った。

少しの間をあけて、奈央さんがつづきを引き取る。

「楓ちゃん、正直に言って、今すぐすみっこごはんのことに専念したら、どうこうなるなんて本気で考えているとしたら、私は少し甘いと思うの。だって、一度失敗したのに、何の武装もしないで同じ問題に立ち向かおうとしているわけでしょう?」

「それは、そうかもしれません」唇を噛んで頷くしかない正論だった。

「瑛太君に遠慮してとかじゃなく、すみっこごはんでNPO法人を運営しながら試行錯誤したいっていうのなら、みんな本気で応援すると思う。でも、そうじゃないなら、大学で専門的に勉強をするのはすごくいいことだと思うよ」

二人の話を聞きながら、いたたまれない気持ちになった。みんな、きっと私の知らないところで、本気で私のことを心配してくれていたのだ。瑛太君のことを引きずっていないか。瑛太君のことが、私の進路にどういう影響を及ぼそうとしているのか。私以上に私のことを見透かして、ずっと見守ってくれていたのだ。

「すみっこごはんをもっと強くて大きな場所にしたいって言ったわね。それにはまず、楓ちゃんがもっと強く、もっと大きくならなくちゃ。ね、楓ちゃんなら、焦らなくても、きっとその夢に到達できる。今は自分を鍛える時期だと思うのよ」

穴の開いた膜から、うまく名前をつけられない感情が迸《ほとばし》っていく。すごく似つかわしい言葉がある気がするのに、思いつく言葉はどれも少しずつズレている。

——楓さんの言うことなんて、聞くんじゃなかった！

去年の暮れ、商店街の道を走り去っていった瑛太君の痩せた背中が瞼《まぶた》に浮かんだ。

私達に、将来の夢を委ねてくれた。最初はためらうようだった微笑みが、ここに通ううちに、花が咲くような笑顔に変わっていった。それなのに、最後には何もしてあげられなかった。輝くような将来の夢を見せるだけ見せて、谷底へ落ちていく瑛太君を見殺しにしてしまった。

膜の破れ目から、ついに、一言が飛び出す。

「ごめんなさい」

その短い言葉がすべてだった。手が、細かく痙攣《けいれん》しだす。本心を言葉にして吐き出すことに、こんなにも力を使っている自分に驚いた。

心の奥で、私が膜までつくって必死に守って包んでいたのは、瑛太君に対する謝罪の言葉だったのだ。向き合えなくて、ずっと目をそらしていた。自分なんか、大学へ行く資格はないと心の奥で自分を責めつづけていた。

それも、人を救いたいというおこがましい大義名分を隠れ蓑《みの》にして。

「私、何もできなくて、無力で、だから」

涙は出ない。ただ、懺悔《ざんげ》の言葉だけが繰り返し押し寄せる感情といっしょに押し出されていく。自分の醜さ、弱さ、狡猾さ、情けなさ。それらと向き合うのが怖くて、後生大事に抱え込んでいた。

田上さんが、まだ震えている私の手を強く包み込んだ。

「私、少しでも自分が救われたくて、この場所にしがみつこうとしていたんだと思います。最低です」

「自分を責める必要なんてないのよ」

「そうだよ、楓ちゃんは、いつも楓ちゃんの味方でいてあげなくちゃ。そんなにも瑛太君のことを応援していた自分を、褒めてあげて。私が高校三年の時なんて、自分とか、片思いの彼のことしか考えていなかったよ。楓ちゃんは本当に偉いよ」

奈央さんが、赤い目で励ましてくれる。田上さんが、握ってくれている手に再びぎゅっと力を込めた。

「謝るだけ謝ったら、今度はその気持ちを、感謝に変えなさい。自分が、何もできない、無力な存在だって教えてくれた瑛太君に感謝して、強くて大きな存在になるために、前に進みなさい」

それは、確かに田上さんの声なのに、なぜか、永久予約席のほうから響いてきた言葉に思えた。

少し落ち着いたあとで、奈央さんが口を開く。

「それでね。楓ちゃんの大事な相談のあとで言いづらいんだけど」

「あ、ごめんなさい。今日はもともと、奈央さんのお話を聞く会だったのに」

「ううん、全然。みんなに言う前に、楓ちゃんと田上さんには伝えておきたくて」

赤みの引きかけていた奈央さんの目が、再び濡れていく。

「実は私、一斗《かずと》さんと正式に籍を入れられることになって」

「ええ⁉ おめでとうございます！」

「まあまあまあ、良かったわねえ」

田上さんも私も、一気に興奮してしまった。

「お式は？ 入籍のあとですか？ ぜったいに呼んでくださいね」

「うん、もちろん。でもお式自体はもう少しあとになりそうなの。その前にいったん入籍して、その――茅ケ崎《ちがさき》のほうに、引っ越すことにしました」

「茅ケ崎⁉」田上さんと同時に反応してしまった。

「そういえば一斗君のご実家は茅ケ崎だったわよね。もしかしてあちらのご両親と同居するの？」

「いえ、同居ではないんですけど。実は一斗さんのご両親って喫茶店をやっていて。そのお店を閉めてキャンピングカーで全国を旅することに決めたらしくて」

「わあ、なんだか一斗さんのご両親っぽいですね」

「ほんとに。すごくいいご両親なの。とっても仲睦《なかむつ》まじいしね」

話す奈央さんは、春に咲きはじめた薔薇みたいにきれいだ。一斗さんと出会ってからの奈央さんは、なんだかどんどんきれいになっていく。

「もしかしてそのお店を継ぐってわけ？」

「はい。ただし、喫茶店ではなく、ちょっとおしゃれなお惣菜屋さんみたいな感じにして、イートインもできるように改装するつもりなんです」

ここで、奈央さんがいったん視線をこちらに移した。

「いずれは、子供食堂みたいなことも、やりたいなって話してるの。ね、楓ちゃん、思ってもみない流れだけど、時期が来ると、あがかなくても自然に道が開けることってあるみたいだよ」

告げる奈央さんは本当にすっきりとした表情をしていて、何だか眩しくて目を細めた瞬間、ようやく一つの事実に気がついた。

「あれ、でも茅ヶ崎って、かなりここから遠い、ですよね」

しん、と場が静まりかえる。

「そうなの。だから、今までみたいに頻繁にはここに通えなくなると思う。楓ちゃんが大変な時に、ごめんね」

「そんな、おめでたいことなのに謝らないでください。私、ぜったい二人のお店に行きますから。あ、でも奈央さんは厨房に立たないですよね!?」

奈央さんが大げさに頬を膨らませてみせたあとで、みんなで笑い合う。

「私は会社員を辞めませんようだ。でも通勤が大変だから横浜に転勤願いを出すつもりなの」

「そう。でも、奈央ちゃんとなかなか会えなくなるなんて、本当に寂しいわねえ」

「私もかなり悩みました。一斗さんも、バンド仲間と距離が離れちゃうし。第一、すみっこごはんなしで、私、やっていけるのかなって」

一斗さん、まだバンドつづけるんだ。

田上さんとちらりと目があって、お互い、同じことを考えたことを知った。いつもならぷっと吹き出してしまう場面だけれど、二人がすみっこごはんを離れてしまうことが寂しすぎて、上手く吹き出せそうにない。

私達も、二人なしで、すみっこごはんでやっていけるのかな。

それくらい、ぽっかりとこの場所に深くて大きな穴が開いてしまいそうだ。それでも、田上さんは力強い微笑みを奈央さんに投げかけた。

「もちろん、やっていけるわよ。これからは一人じゃなくて二人なんだもの。奈央ちゃん。本当におめでとう」

「ありがとうございます。二人には本当、どれだけ感謝しているか」

奈央さんの声が、どんどん湿っていく。

何か言いたかったけれど、それこそ言葉が見つからず、三人で泣きながら笑った。きっと奈央さんと一斗さんが開くお惣菜屋さんには、こんな温かで親密な笑いが溢れるだろうと思った。

＊

退院したおじいちゃんは気功をやると言いだして、まいにち朝早くから起き出しては、家の前の小さな道でゆるゆると体を動かしている。なんでも入院中、茂原さんから免疫が上がると教えられたそうだ。

「うん、体の抵抗力が上がっている気がするな」

朝ごはんが出来たよ、と声をかけにきた私に、おじいちゃんが背中を向けたまま告げる。

「茂原さんは何の病気だったの？」

中腰で前に突き出していた腕を右に向かって移動させていたおじいちゃんが、ほんの僅かバランスを崩した。

「さあ、あんまり立ち入ったことを尋ねるのも何だしな。でももう、退院はされたぞ。ところで、明日は進路相談だな。もう決断に迷いはないんだな？」

「うん、ない。私、大学に進学することにする」

申し訳ない、という気持ちを完全に吹っ切れたわけではない。それでも、田上さんのアドバイスが、暗くて不鮮明だった道の先を照らしてくれた。

瑛太君は私に貴重な気づきのきっかけをくれたのだと思って、謝罪の気持ちを感謝に変えて、前に進んでいくのだ。

もう一つきっかけになったことがある。奈央さんと一斗さんの引っ越しだ。

奈央さんと一斗さんがすみっこごはんを離れて二人の人生を歩んでいくように、私も、瑛太君も、それぞれの人生を歩んでいるし、歩んでいく。

誰かが望むことではなく、自分がしたいことをする。

実際には、私が目を覆っていただけで、外の世界にはいつも道がまっすぐに伸びていたのかもしれない。

おじいちゃんが、気功を終えて振り返った。

「よし、じゃあ今日は気合いを入れるためにカツ丼にするか。この間のお詫びもかねて、じいちゃん、またすみっこごはんにお邪魔するからな」

「ええ、また来るの!?」

「あそこなら、由佳もいっしょだろう？」

その小さな声は、おじいちゃんが玄関に入ってからようやく、意味を伴って頭の中で響いた。


放課後、おじいちゃんは本当にすみっこごはんにやってきた。

「いやあ、すごい回復力ですね」

などと金子さんに持ち上げられ、まんざらでもなさそうに笑っている。今日は一応くじ引きはしたのだけれど、厨房に入りたがっているおじいちゃんの顔を立て、当たりくじはうまいこと田上さんが加減してくれたようだ。

「お、私が当番ですな」などと白々しく言っていたけれど、また倒れられでもしたら事なので、買い出しは今日も私が行ってきた。

メンバーは、私、おじいちゃん、金子さん、田上さん、柿本さんに一斗さんの六人だ。おじいちゃんといっしょに厨房に入った瞬間、先日の記憶がよみがえって胸の中がじゅっと焦げ付くような感覚になった。

「ねえ、おじいちゃん、大丈夫だよね？」つい心細くなって尋ねる。

「大丈夫だ。それより、味噌汁は頼んだぞ」

頷いて、お鍋の水を火にかけた。今日のお味噌汁の具はタケノコとわかめだ。少し経ってお湯の中で削り節が踊り始めた頃、豚肉に切れ目を入れていたおじいちゃんがぽつりと呟いた。

「由佳の進路相談の前の日にも、作ってやればよかったなあ」

おじいちゃんの声には、取り戻せない過去への苦い苦い後悔が滲《にじ》んでいて、後悔を抱えて生きているのは私だけではないのだと改めて思い知る。この間、田上さんや奈央さんがくれたアドバイスだって、きっと皆、過去に乗り越えてきた出来事があるからこそ形になった言葉で、だからこそ情けない私を動かす力と温かさを伴っていたのだろう。

すみっこごはんに集う面々だけではなく、買い物袋を下げてちまたを行き交う人達もきっとそうだ。彼らは皆、取り返せない過去を抱えながら、それでも笑って今日を生きる、偉大な先人達なのかもしれない。

世界の秘密を知ってしまった密かな興奮を胸に、黄金色に染まった出汁を濾《こ》し、再び火にかけてタケノコとわかめを投入した。

おじいちゃんは、相変わらずレシピノートを見ずに、それでもレシピノートとそっくり同じ手順で着々と下準備を進めていく。

豚肉は、赤身と脂身の両方に切れ目を入れて筋を切り、火が入った時のそり返りを防ぐ。つづいて包丁の背で、ととととと、とリズミカルに叩いていく姿はなかなか堂に入っていて、この道うん十年のトンカツ屋の店主みたいだと言ったら褒めすぎだろうか。

〝塩こしょうをして小麦粉、溶き卵、パン粉の順に揚げ衣をつけたら、もう一度卵にくぐらせてパン粉をまぶしたあと軽く押さえること。衣の二度づけでサクッと揚がるし、押さえることで衣が剥がれづらくなるの。地味だけど大事なコツよ〟

レシピノートのアドバイスの声なんて聞かなくても、おじいちゃんはその手順を外さずに丁寧に行っていた。

本当に、沢渡家のレシピだったんだ。

おそらくおばあちゃんからおじいちゃんへ、そしてお母さんへ。沢渡家の誰かが大事な勝負の日を迎えるたびに、うちの台所でつくられていた料理なのだろう。今までお母さんの姿だけを思い浮かべていたレシピにおばあちゃんやおじいちゃんの愛情まで感じられて、料理をする手先がぽかぽかとぬくもってくる気がした。

「楓、油の準備できてるか？」「うん、そろそろ」

菜箸の先を火にかけた油の中に入れてみると、入れた部分全体から泡がしゅわしゅわと立ち上った。これでおそらく、ちょうど一七〇度くらい。

「いい頃合いだな」おじいちゃんが満足げに頷いて、トンカツを揚げ始めた。

「楓、卵を割ってくれるか」「はい」

割るだけでいいから、というおじいちゃんの意図はよくわかった。ふわとろのカツ丼にするにはかき混ぜ方が肝だから、人任せではなく自分でやりたいのだろう。ちなみにレシピノートにはこう書いてある。

〝菜箸でざっくり混ぜること〟

おじいちゃんに菜箸を渡すと、「これじゃなくてもっと太いのはないか？　天ぷらの衣やなんかを溶くやつ」と聞いてきた。

「あ、ありますよ」一斗さんが厨房へやってきて、引き出しから取り出してくれる。

トンカツが人数分、着々と仕上がっていき、次に親子鍋を二つレンジに並べた。

先ほど切っていた玉ねぎを、みりん、醬油、砂糖、だし汁のシンプルなつゆでひと煮立ち。その間、おじいちゃんの指示で、揚げたてのトンカツを一口サイズに切った。包丁を入れると、サクッとした手応えが伝わってきて、キツネ色の衣の中から柔らかそうなお肉が姿を現す。そのお肉が、湯気といっしょに香ばしい匂いを立ち上らせるものだから、卵でとじる前に一口つまみたいという衝動を抑えるのに苦労した。

「つまみ食いすんなよ」おじいちゃんは、こちらを見ないままで釘を刺してくる。

「よし、いい具合にしんなりしてきたな」

玉ねぎの様子を見極めたおじいちゃんが、並んだ鍋にそれぞれトンカツを投入した。そのまま鍋の様子を確かめながら、太い菜箸で卵をざっくりとかき混ぜる。

〝白身の弾力もしっかり残るくらいざっくりと。決してかき混ぜすぎないこと〟

自分でもお母さんのアドバイス通りにやっていたつもりだったけれど、おじいちゃんのは私よりもさらにざっくり、本当に黄身を申し訳程度に潰したくらいで、煮立った鍋に、まずは半量を慎重に回し入れていく。トンカツを崩さないように軽く混ぜて半熟状にし、さらに半量を入れて加減を見て火を止めているようだ。

おじいちゃんが鍋を凝視している間、私は丼に白いごはんをよそって待った。

皆でテーブルを囲み、おじいちゃんが手を合わせた。

「いただきます」

待っていたように、皆もあとにつづいて声を上げる。テーブルの上には、湯気をあげる黄金色のカツ丼が六つ並んでいて、その間をつなぐように、田上さんの持ち込んだポテトサラダ、おしんこ、ひじきの煮物が深皿によそわれていた。

「ああ、本当にふわとろだなあ。これは温かいうちに食べなきゃ罪ですよね」

一斗さんが、お箸で卵の先をつつくと、透明な部分が微かに残っているとじ卵がぷるるんと震えた。

「お出汁の優しい香りもたまらないわねえ。うちはめんつゆで済ましちゃうんだけど、どうしても煮詰まったような匂いが出ちゃうもの」

さっそく箸を伸ばした一斗さんと田上さんに、「お口に合うといいんですが」と、おじいちゃんが恐縮してみせた。おじいちゃんにしてみれば、あくまで家のレシピなのだ。

「うん、うまい。料理自慢のおふくろがつくってくれたみたいな味だ」

金子さんが、一口目のあとすぐに二口目にいったのを見て、私もほっと笑顔になった。

「こりゃあ、すげえなあ。懐かしい味だなあ」

半ば呆然と呟いたのは、一足お先に食べていた柿本さんだ。

ついにたまらなくなって、私も、やや多すぎるくらいの量を一気に口に運んだ。

ふわとろの卵に半分とじこめられたカツは、衣のサクッとした食感がまだ少し残っている部分もある。その衣を嚙みしめた瞬間、油と肉汁と卵、それにつゆの旨味がじゅわあっと混じり合って、嚙むたびに甘みが表情を変えていく。

「うん、すっごく美味しいよ、おじいちゃん」

「楓は何度も食べてるだろう」

そう言いながら、おじいちゃんはまんざらでもなさそうだ。

確かに、おじいちゃんがつくってくれたカツ丼を食べるのは初めてではないけれど、これがおばあちゃんや、お母さんの味でもあったというしみじみとした想いを嚙みしめながら食べるのは初めてだ。

焼き鳥のタレを継ぎ足すからこそ出る味と同じように、想いを継ぎ足して出る味というものがあるのではないだろうか。この甘みの複雑さはきっと、家族から家族へ受け継がれてきた日々の歴史があるからこそ出る味なのだ。

もしそうだとしたら、このカツ丼がいつもよりいっそう美味しく感じられる理由がもう一つある。それは、この場所だ。

この場所で積み重ねてきた皆との日々は、多分、無敵の隠し味としてここでつくられるすべての料理に利いているのだ。

自分の考えに満足して、あとで、絶対に共感してくれるであろう奈央さんに話そうと思い至ったところで、胸の奥がきゅっとすぼまる。

奈央さんと一斗さんは、もうすぐここを去ってしまうのだ。こういう小さな発見を分かちあってきた奈央さんと滅多に会えなくなるという事実は、奈央さんが引っ越しを打ち明けてくれた夜以来、ボディブローのように私の中でダメージを広げている。

私の思いが伝染したかのように、金子さんが一斗さんに尋ねた。

「そういや、引っ越しの準備は進んでるのか?」

「はい。荷物を詰め終えたところです」

「そうかあ。寂しくなるよなあ。でもまあ、茅ヶ崎なら電車でもすぐだしな。落ち着いたら、味のチェックでもしにいかねえとな」

金子さんがさっぱりと笑う。

「そんなもんしなくても、奈央が厨房に立たなきゃ大丈夫だろ」

憎まれ口はもちろん柿本さんだ。田上さんがこちらを見た。

「私と楓ちゃんは行くわよね。奈央ちゃんがいなくなると、なんだかあんまり冒険的な料理が食べられなくなってスリル半減ねえ」

「そんなもん、料理に求めてねえよ。もともとここは、レシピ通りにつくるってのが目的の場所なんだから」

毒づいた柿本さんの声は、それでもなぜか一番寂しげに響いた。

金子さんが、湿気を払うように声を張って尋ねる。

「そういえば、バンド活動はどうするんだ？」

「はい、奈央ちゃんと相談して、不定期でお店をライブハウスにしてつづけようかと。防音対策とか色々と課題はあるんですけど」

「ほお、夢を追い続けるわけですね」おじいちゃんが意味ありげな視線をこちらに向けた。私にも夢を諦めずに頑張れとハッパをかけているのだ。

「あ！　そういや楓は明日、進路相談なんだよな。どうなんだ、先のことは決めたのか」

やや緊張の面持ちで尋ねてきた柿本さんに、頷いてみせた。

「はい、明日は最初の三者面談です。進路は、おじいちゃんと話して、きちんと了解はもらいました」

「こいつにしてはちゃんと考えてたみたいで。あとは根性出して受験勉強を頑張ってもらうだけです」

「へえ。どんな進路を選んだんだ？」

まだ進学のことを話していない柿本さんや金子さんが身を乗り出してくる。

私は、おじいちゃんや田上さんに頷いてみせたあと、大きく息を吸い込んで宣言した。

「私、大学で福祉の勉強をします。もっともっと、人を助けられる人になりたいんです。沢山学んで、またすみっこごはんに戻ってきたいって思ってます」

柿本さんがちょっと虚をつかれたような顔をしたあとで、永久予約席に目をやった。

こちらを振り返らず無言のまま時が経つ。皆が不安になりかけた頃、「いい夢じゃねえか」と、らしくない安らいだ声が返ってきた。

＊

三者面談も無事に済んだゴールデンウィークの終わり、すみっこごはんでささやかな宴が開かれ、一斗さんと奈央さんの門出を皆で祝った。

未成年者の私や純也、それに時々遊びにきてくれる秀樹《ひでき》君はジュースだったけれど、皆はお酒を飲んで、すみっこごはんには珍しいおつまみ系のお皿も並んだ。

皆奈央さんの失敗作にまつわる思い出を話して大笑いしたり、一斗さんのバンドがまさかのデスメタルバンドだと判明した時のことを話してまた笑ったり。

「あのハンバーグの形をした炭を食った日のことは絶対に忘れねえからな、奈央」

最後まで憎まれ口を叩いていた柿本さんの口調はやっぱり寂しそうで、いつもならむくれる奈央さんも、ほんのり目の端を光らせていた。

「一斗君のデスメタルバンドをもう聞けないのがつくづく残念ですよ」

「だから、まだつづけますってば、丸山さん」

一斗さんが鼻声で抗議するのを、丸山さんが淡々と受け流す。これは丸山さんなりの照れ隠しで、やはり二人が去るのが辛いのだろう。

「皆さん、絶対に遊びにきてくださいね」

一斗さんは、宴が始まる前から目を真っ赤にしていて、ずっと泣き通しなのだ。奈央さんが励ますように一斗さんの手を握った姿が、なんだか感動的だった。

寂しい。奈央さんの、こちらの予想を悪い意味で裏切る失敗作がもう食べられないことがこんなにも心にこたえる。

素直に告げると、奈央さんに抱きしめられ、二人で盛大に泣いてしまった。

「湿っぽくていけねえや。なあ、渋柿」

そういう金子さんも鼻を啜り上げている。

柿本さんはそっぽを向いていて、丸山さんが「なんだかんだで、柿本さんと奈央さんは仲が良かったですからねえ」と弁護した。いつもは言下に否定する奈央さんが、今日は泣き笑いで頷いている。

帰りは、二人が手を振って去っていく姿を、路地の先に消えるまで皆で見送った。

辛いことがあると、いつもの風景がなぜか美しく見えると、いつか奈央さんに聞いたことがある。

その夕べ、商店街を等間隔で照らす街灯の明かりがいつにも増して温かく感じられ、とてもきれいだった。

入院病棟ってやつはどうもいけねえな。朝から回診だ検査だ点滴だって忙しくしてると昼間は疲れて寝ちまうだろう？　そのせいで、夜は妙に目が冴えてくる。本能がそうさせるのか、五感もよく研がれて、いらない情報が山ほど脳に送り込まれる。心臓の音、脈拍の間隔、隣で寝入ってる病人の青白い息遣い。薬やら食事やら消毒液やら、患者の怯えやらが混じった気の滅入る匂い。

「家の畳で、ぽっくり逝くってのが夢だったんだがなあ」

茂原さんがそう言ってたな。

管を血管だの尿道だのに入れられてよ、てめえの下の面倒も見られねえようになって寝たきりで死ぬのを待ってるなんてなあ。これじゃ、医者が文句を言われねえための死なせない医療であって、患者を最期まで生かす医療じゃねえよなあ。

あの人の冗談めかしたぼやきを否定できる年寄りはあんまりいないよな。そういう意味じゃ、母さんはぽっくり中のぽっくりで逝ったんだよな。もっとも、ちょっとばかり時期が早すぎたけれども。

なあ、由佳の時も、素っ気ねえ病室で逝かせるの、可哀相だったよなあ。可哀相で可哀相で、俺は見舞いに来る度に不機嫌な面でこらえてるしかなかった。そうやって顔面に力を入れてなかったら、床に膝ついてみっともねえ面で泣いちまいそうだった。

頑張って学校に通ってると思ってた一人娘が突然、結婚してえって帰ってきて、でっかい雷を落として反対した。俺が女親だったら、当然、気がついてたんだろうな。由佳が身重だって。そういうことになったんだって、ぴんと来ねえほうがおかしいよな。

それなのに俺ときたら、じゃあ相手を連れてきやがれ、って叫んだだけだもんな。さらにまずいことに、まずは俺が落ち着いてからじゃねえと、なんて冷静に吐《ぬ》かされて、かえって逆上しちまった。仏間で聞いてて、どれだけ母さんがじれってえ思いしてたか今なら想像がつくよ。

だけどなあ、娘の窮地にも気がつけなかった親父が、どうやって予見しろっていうんだ？　まさか、あれで連絡が途絶えちまうなんて。次に会える時は、由佳が死にかかってる時だなんて。

再会した時、おろおろしっぱなしの俺に対して、あいつは偉かった。最後まで痛いだの辛いだの、一言も弱音を漏らさなかった。そのせいで、医者がモルヒネを打ってやるのが遅くなりすぎたんじゃねえか、むやみにしんどい思いをさせちまったんじゃねえかと、俺は今でもそれが心残りなんだ。早いなあ。あの時三歳だった楓がもう十八だとよ、母さん。

由佳の言葉、覚えてるか。俺は今でも、あいつの息遣いまで覚えてるよ。

こう、俺の腰の高さまでようやっと手を持ち上げて、俺があいつの手を握り返してよ。肉も何も削げちまって細かったなあ。こんな男やもめの寿命なんていくらでもくれてやるから、もっと生かしてやりたかった。

そんな状態でもあいつは、声をふり絞って頼んできた。

「楓をよろしく頼みます。あの子を一人にしないで」

「当たりまえだ。もういいから黙って休んでろ」

あんな時まで、つっけんどんな声しか掛けられねえで、まったくなあ。

あの日、楓を保育園まで迎えに行った帰り、俺は途方に暮れた。だってそうだろう。

ようやく娘と再会できたと思ったら、その娘は孫娘を残して死にかけてるんだ。途方に暮れねえほうがおかしいや。自慢にも何にもならねえが、育児だって母さんに任せっきりの切山椒《きりざんしょう》ってやつだったもんな。

それなのに楓と来たら、「じいじ、手ってつなごう」なんて何の用心もなく言いやがって。

俺の手を握ってきたあのやわっこい手。あの頃の楓にもう一度会いてえなあ。

いじらしいくらい、ずうっと明るく振る舞っていやがったけど、小さいなりに母親が死ぬってことの意味をおぼろげには理解していたんだろうな。

夜泣きがまるで赤ん坊みたいに多くて、最初は別々の布団に眠るのに、気がつくとひっついてやがる。もうおむつは外れたって聞いていたのに、夢でうなされたり、おねしょも多くてなあ。よほど心細かったんだと思うぜ。それでも、起きてるあいだ、そんな弱音は一つも漏らさねえ。

俺から由佳へ、由佳から楓へと受けつがれちまった気質だとしか思えなくて、申し訳なくて、可愛くてなあ。

由佳に「楓は大丈夫？」なんて聞かれても、俺は、そういう楓の変化のことは言えなかった。「大丈夫だ。元気にやってらあ」なんて言ってな。楓のちょっとした言い間違いや、面白い失敗なんかを報告して、由佳を笑わせてやった。

なあ、母さん。今さらだけどな、あの頃は、母さんが生きていてくれたらって何べん思ったか知れねえ。

ちくしょう、情けねえなあ。

俺は怖かったんだ。託された小さな手が。夜中に母親を求めてひっついてくる小さな体の温もりが心底愛おしくなっちまって、同じ分だけ、恐ろしかったんだ。

ああ、由佳から呼吸器が外される直前の瞬間を思い出しちまった。

最後に楓が「ママ」って呼びかけて手を握った時、由佳が最後の力を振り絞って大きく頷いてみせたよな。

由佳が抜け殻になった瞬間が、どうしてか俺にはわかった。ああ、あいつは旅立った。母さんと同じ場所に行ったんだって、頭の芯で感じたんだ。楓だって、おそらく何か感じたんだろうよ。だけど、わかることを拒んで、ずっと手をさすって「ママ、ママ」って呼んでたな。

あの時はさすがに、声をあげて泣いたよな。泣いたってよかったよな。

眠ってるみてえな穏やかな由佳の最期の顔を眺めながら、俺は何が何でも生きて、生き延びて、せめて楓が二十歳になるまで絶対に一緒にいるって腹の底から誓ったんだ。

なあ、母さん。楓、ようやく十八になったよ。十八だ。

眩しいほどの若木に、いっぱいの花の蕾をつけて、笑ってやがる。

泣かせたくねえな。ずっと笑わせてやりてえな。

なあ、母さん。

決断のピリ辛麻婆豆腐

まだ、すみっこごはんに奈央さんや一斗さんが現れないことに、なかなか慣れることができないでいる。春は皆忙しいのか、新しい人も滅多に現れず、いつものメンバーは料理に手慣れた人ばかりで、できあがった料理がまずい時なんて全くない。

まずい時もありますと書いてあるのに、これじゃ、完全なる看板負けだ。

「奈央ちゃんの焦げ目たっぷりハンバーグがなんだか恋しいわねえ」

田上さんが、丸山さんの完成度の高いハンバーグを食べたあとでぼやき、丸山さんが不本意そうに片眉をあげた。

今日のメンバーは、丸山さん、私、田上さんに柿本さん。このメンツも人数も珍しいことではないのに、何となく物足りなく感じてしまう。

私が厨房で洗い物をしていると、柿本さんがそっと近づいてきて、何やら口元を動かした。

「え？　すみません、お水止めますね」

よく聞こえなくて蛇口を閉めると、柿本さんが狼狽《うろた》えたように後ずさった。

「あ、いや。このあと、すみっこごはんに残れねえかと思って」

「大丈夫ですけど、どうしたんですか？」

柿本さんは再びもごもごと何か呟いたあと、さっと厨房を出て行ってしまった。その時の表情が、いつもよりもさらに渋柿を思わせるしかめ面で何だか怪しい。

そういえば、食事の時からあまり喋っていなかったかも。もしかして、瑛太君のことで何かあったとか？

柿本さんは、そもそもの最初に瑛太君をここへと連れてきた責任感からか、何くれとなく彼の面倒を見ていた。うん、多分、瑛太君のことで何かあったのだ。

そう独りごちていたのに、私の予想は三十分後、見事に裏切られたのだった。

丸山さんと田上さんが帰ったあと、私は柿本さんとテーブルを挟んで向かいあった。

ほんの二週間ほど前は、同じこの場所で奈央さんから報告を聞いたけれど、もっと前の出来事のようにも感じられる。

「楓も、この間の土曜日で十八になったんだよな」

「あれ、柿本さん、私の誕生日を知ってたんですか？」

柿本さんは、心外だという顔を向けた。

「そりゃ、知ってるよ。祝ってやったこともあるんだけどな」

「え、ありましたっけ⁉」

「まだここが由佳さんの店だった頃の話だ。常連客で相談して、あの頃の楓の顔よりも大きなイチゴのホールケーキを買ってな。三本のろうそくを立てて歌も歌ってやったんだぞ」

ここがすみっこごはんになる前、お母さんはお世話になっていた老夫婦から小料理屋を譲り受け、店を営んでいた。お母さんの人柄を慕って、沢山の常連客が通っていたという。お店のお客さん達に祝ってもらった遠い日のことをもう覚えてはいないけれど、柿本さんの言葉に一箇所だけはっとさせられた。

「イチゴのホールケーキって言いましたよね？　実は小さい頃、おじいちゃんが誕生日にショートケーキを一切れ買ってくれた時に、癇癪《かんしゃく》を起こして困らせたことがあったみたいなんです。私も薄《うっす》らと覚えてるんですけど」

イチゴの沢山載った丸いケーキ。誕生日といえば、そのホールケーキだと、なぜか私は頑《かたく》なに思い込んでいた。その儀式にはとても深い意味が、とても大切な約束が潜んでいる気がしていたのだ。もしかしてそれは、お母さんや当時の常連さん達との楽しい思い出が胸に刻み込まれていたせいだったのかもしれない。

改めてこの場所を見回してみる。

皆に囲まれて、一つ歳を重ねる誇らしさとケーキを目の前にした嬉しさで胸をはちきれんばかりに膨らませ、ろうそくを消そうとしている幼子の姿が見える気がした。

私の記憶がはじまる以前から、すみっこごはんは私を育んでくれていたのだ。

「まあ、とにかくだ。本来だったら、楓が十八歳になった歳に、このすみっこごはんの存在や成り立ちを楓に伝えて、由佳さんのレシピを受け継いでもらうはずだった。だけどまあ、大分早めにそれも済んじまった」

「あはは、そうですね。こういうのが運命のいたずらっていうんですよね、きっと」

真面目すぎる口調の柿本さんの声が何だか不吉で、敢えて明るい声を出した。しかし、柿本さんは表情を崩さない。

「それで、だ。俺は十年以上もの間、このすみっこごはんを支えるＮＰＯの代表を務めてきたわけだが、楓も十八になったし、目的も達しちまってるし。そろそろ俺も、役目を降りようと思う。ちょうどまあ、アメリカに長期間行くことになっちまったしな」

最近閉まりの悪い蛇口から、ぴちゃんと滴がしたたった。

「アメリカって、自由の女神のいるアメリカですか？」

「そうだ、いわゆるＵ．Ｓ．Ａ．ってやつだ」

「はあ」

今、柿本さんが、すみっこごはんの代表を辞してアメリカに渡ると言った気がするけれど、聞き間違えだろうか。

目を見て問い返そうとしたけれど、なぜか上手く顔を上げられない。

ぴちゃん、という音で、ようやく我に返った。

「あの、ちょっと蛇口を見てきますね」

「え？　そんなのあとで俺が」

「いえ、今すぐ何とかしないと。あ、でも私、そういえば明日絶対に提出しなくちゃいけない宿題をまだ全然やっていなかったんだった。もう帰らなくちゃ」

「いや、楓、ちょっと」

「それじゃ、私はこれで！」

支離滅裂なことを口から出まかせに告げながら、私は転げるようにしてすみっこごはんを後にした。

細い路地を曲がる直前まで、柿本さんの物言いたげな視線を背中に感じたまま。

*

薄紫の花が満開の藤棚の下でお弁当を広げながら、純也が牛乳を吹きそうになってあやうく堪《こら》えた。

「柿本さんがアメリカ⁉」

「うん。すみっこごはんの代表を降りて、渡米するって」

私はと言えば、ほとんど手つかずのお弁当のおかずを、箸の先で行儀悪くつついている。おじいちゃんが見たらさぞ嘆くだろう。

「なんでまた急に？」

「わかんない。飛び出してきちゃったから」

「はあ!?」

昨日の情けない振る舞いを伝えると、純也は「そうかあ」と抑揚のない声で応えた。

「なんか、びっくりしちゃって、気がついたら商店街まで出てきちゃってて」

「まあ、驚きはするよな。いきなりそんな話を聞かされたら。だけど柿本さんだって、一世一代の決心で話をしたんだと思うけどな」

「そうかな。なんか、とても軽い感じで話してたように見えたけど」

「うーん、あの人も不器用なとこあるから、どう伝えようかぐるぐる悩んで何周かして、間違って軽く喋りすぎただけじゃないのか?」

こんな時、奈央さんだったら、いっしょになって、悲しんでくれたろうに。

諭すような口調と妙にじじむさい表情。純也ってこんな顔をするやつだったっけ。

「責めたいだけ責めればいいじゃん。どうせ私が悪かったよ。話も聞かずに飛び出してくるなんて。でも、純也はなんとも思わないの？　柿本さんまでいなくなるんだよ？」

いつの間にか空になったお弁当に純也が蓋をする。蓋を摑む手が大きすぎて、何だか逆に扱いづらそうだと心の中だけで毒づく。

「まあそりゃ、寂しいに決まってるけどさ。柿本さん、最近すげえ忙しそうだったからな。ジムもあれだけ繁盛してる中で、ＮＰＯの代表なんて兼任して大丈夫かなって、俺はそっちのほうが心配だった」

意外な声に、私は「そうなの？」と昨日につづいて間抜けな返事をした。

痩せたというのは皆で心配していたことだったけれど、ジムの仕事がそんなに大変だとは思っていなかったのだ。柿本さんといえば、仕事帰りに趣味の競馬にいそしんで、ぷらぷらと商店街を徘徊している姿を勝手に想像していた。

「ほら、一度チャンピオンが出てから、すごい人気が出ちゃったらしくってさ。柿本さんってああ見えて面倒見がいいから、慕ってくる選手のこと、一人一人ちゃんとケアしてるんじゃないか？」

すぐに、ジェップさんや瑛太君を連れて歩く柿本さんの姿が思い浮かぶ。

そんなに、痩せてしまうほど忙しかったの？　すみっこごはんのせいで？

「もう一度、ちゃんと話を聞いたほうがよくないか？　今日は確か、柿本さん、すみっこごはんには来ないけど、ジムには遅くまでいるって言ってたぞ」

自分が子供みたいで、恥ずかしい。恥ずかしいけれど、おめおめ会いに行ったら、純也の言うことを聞いたみたいで癪に障る。

嘘だ。何をどう話したって、柿本さんがアメリカに行くという事実と向き合う自信がないだけ。

だから、逃げる。

仏頂面のまま純也の頭上の藤の房を揺すり、目の前に小さな毛虫をぶら下げてやる。

「うわっ、何するんだよ！」

悲鳴を上げて驚く純也を置き去りにして、とぼとぼと校舎へと戻った。

放課後、すみっこごはんへも、柿本さんのジムへも行かず、私は文字通り逃げた。

校門を出た最寄りのバス停から、行き先も確かめずに都営バスに乗り込み、終点までぼんやり車窓を眺めて過ごしたのだ。

その結果、今、文字でしか知らなかった団地の真ん中に立って途方に暮れている。

巨大なドミノみたいに建物が整然と並ぶ敷地の中に、小さな滑り台を置いた公園があり、とりあえず、そこのベンチにぽつんと腰掛けて空を見上げてみた。

「ここ、何区？」

自分の声が誰にも受け取られず、ぽたんと芝生へ落ちていく。いつもなら、お母さんが私をよく連れていってくれたという、楓の木が植わった公園へ向かうのに、今日は何だかあそこへも行きたくない気分だった。

多分、私は少し腹が立っている。すみっこごはんから去っていった人達や、これから去っていく人達に対して、そんな感情を抱くべきではないのに、言葉を選ばずに言えば、むかついているのだ。

みんなして、自分のタイミングで好き勝手に離れていく。私から離れていく。行く人はいい。けれど、残された人は？

奈央さんだって、一斗さんだって、茅ヶ崎に行ってしまった。それなのに、ねえ、お母さん。柿本さんが、アメリカに行くんだって。すみっこごはんをほっぽりだしてそんな遠いところへ行くなんて、ありだと思う？

「なしでしょ。どう考えても」

自分との会話なら、いくら理屈に合わないことでも好きに喋れる。根暗な喜びに浸っていると、スマートフォンが着信を知らせた。

名前を確認すると、〝お父さん〟と表示されていて、心臓が元気に跳ねる。

「もしもし？」

『あ、楓さんですか？　俺、その、遠藤《えんどう》ですけど』

知ってます。私の、お父さんですよね。

「はい。楓です。何かありましたか？」

お父さんとは、去年の年末、生まれて初めて会った。だから、父娘というより、大人になって初めて会った親戚、という感覚に近い。向こうも、明らかに私に対して緊張を滲ませたまま、少し黙ってしまった。

「あの——？」

『いや、たいした用事じゃないんですけど。その、赤ん坊がもう六ヶ月になって大分落ち着いてきたんで、もし楓さんさえよかったら、会ってやってもらえないでしょうか』

ごくり、と唾を飲む音さえ聞こえそうだった。

いや、それはすごくたいした用事ですよね？

お父さんは、私がお母さんのお腹に宿った時、怖くて逃げ出してしまったという、少し困ったタイプの人だった。以来、音信不通で、元妻が亡くなったことさえ知らずに、暢気にすみっこごはんを訪れ、大きくなった私と初対面したのだ。

そのお父さんが、腹違いの弟に会わせてくれるという。

年末に会った時にもそうして欲しいと言われていたのだけれど、奥さんの了承を得た話ではないことがわかって、すみっこごはんの他のメンバーから勇み足を咎《とが》められていたのだ。

「奥さんは、大丈夫だったんですか」

『はい、もちろんです、妻もぜひ来てほしいって言ってるんで。狭い家でたいしたもてなしもできないですけど』

「いえ、産後の大変な時に、どうか気にしないでください」

できればおじいちゃんと一緒に行きたくて、こちらから改めてかけ直すことを約束して電話を切った。

通話口の向こうから、時々、赤ちゃんの泣き声や、ころころとした笑い声みたいなものが響いてきて、すさんだ心が少しは浄化された気がする。

去っていく人がいれば、新しくやって来る人もいる。しかも血のつながった弟だ。

もちろん、奈央さんや一斗さんにつづいて柿本さんまでがいなくなることを穴埋めしてくれるわけではない。ないのだけれど。

澄んだ笑い声だったな。

何だか気が削がれてしまって、私はとぼとぼと、来た時とは反対の都営バスの停留所に並んだ。乗り込んだ時はまだ明るかったのに、もうすっかり夜だ。その間の私といえば、ただベンチに座って特に何もせずに、再び帰りのバスに乗り込むだけ。受験生だというのに、英単語の一つも覚えなかった。

車窓の向こうの空にかかる雲が、地上のライトに照らされて不自然に色づいている。このまま間抜けに一日を終えるのも癪だから、家のほうまで戻らずに、途中のバス停で降りた。

わかっている。本当は、ちゃんと話を聞くべきだ。私だって、もう一度柿本さんの目の前に戻れるくらいには大人なのだ。

バス停から歩いて、柿本さんの職場へと向かう。スマートフォンに表示されるマップに導かれて、ようやくその場所へとたどり着いた。

『前川《まえかわ》ボクシングジム』

話には聞いていたけれど、実際に柿本さんとその妹さんが営むジムを訪れるのは初めてのことだった。ガラスの向こうでは、屈強なボクサー達がよくドラマで観るように縄跳びやサンドバッグでトレーニングをしている。しかしその中に、柿本さんの姿は見当たらなかった。

「あら、何かご用？　入会希望かしら？」

突然掛けられた声に、ひゃっと軽く飛びのいてしまった。こちらを興味深げに見つめている女性は、髪を後ろで束ね、よく日に焼けており、さばさばとした印象を受ける。そして全体の顔立ちが、柿本さんによく似ていた。

「ごめんなさい。驚かせちゃった？」

「いえ、前に立って中を覗いたりしてすみませんでした」

頭を下げて、改めて告げた。

「私、すみっこごはんのメンバーで、いつも柿本さんにお世話になっています。沢渡楓と言います。今日はほんの少しだけ柿本さんとお話しできたらと思って来たんですけど、いらっしゃいますか？」

女性の瞳が、強い興味の色を帯びた。

「あなたが沢渡楓ちゃんなのね!?」

おずおずと頷くと、女性は手をとらんばかりの勢いで近づいてきた。

「わああ、私、ずっと会ってみたかったのよねえ。訪ねてきてくれてありがとう。兄は少し出かけているんだけど、とにかく中に入って」

やはり彼女が柿本さんの妹である前川さんなのだ。

促されるまま、私はジムの中へと足を踏み入れた。

ボクサー達の好奇の視線を感じながら中を通り抜け、空間の右奥に設けられた事務室へと案内される。

「ごめんなさいね。お茶請けをちょうど切らしてしまって」

言いながら、前川さんが冷茶を出してくれた。

「あ、いえ、お構いなく」

恐縮して首を横に振り、改めて部屋の中を見回してみるうちに、大きく引き伸ばされた写真に目が吸い寄せられた。

「あれってもしかして」

「そう、兄なの。けっこういいボクサーだったのよ。ああ見えて頭脳派でね」

写真の中の若かりし日の柿本さんは、今よりもかなり尖った雰囲気を醸しているけれど、なかなか格好良かった。

棚には、特大の派手なベルトが飾られている。

「これはチャンピオンのベルトですか？」

「そうよ。あんまりそういう物に興味のない子で、下手をしたら捨てられそうだったから、うちのジムで預かっているの」

チャンピオンベルトといえば、ボクサー達が渇望するアイテムのはずなのに、肝心のチャンピオンは全く興味がないなんて皮肉な話だ。もっとも、この世の中はそういうものなのかもしれない。ほしい、足りないと思う人よりも、いらない、足りているという人のもとへやってくるもののほうが断然多いのだ。

「それで、柿本さんは今、外出中なんですよね」

「ええ。そのことなんだけれど、実は兄、最近ハードスケジュールがつづいていてね。自分の食事そっちのけで練習に付き合ったりしていたものだから、ちょっと具合が悪くなっちゃって。今、病院で点滴を受けさせてるのよね」

「え、大丈夫なんですか!?」

小さく叫んだ私に、前川さんはからりと笑って応える。

「大丈夫、大丈夫。ただの寝不足だから。でもまあ、あんまり体をいじめる生活はそろそろ控えてもらわないとって思ってるの。もう、あの写真の頃とは違うんだしね」

「寝不足って、そんなに忙しかったんですか？」

忙しいというのは純也からも聞かされてはいたけれど、倒れて点滴を受けるほどだとは思ってもみなかった。

「ええ。そのベルトの持ち主、チャンピオンの連城《れんじょう》君が、アメリカへ遠征することになってね。武者修行もかねて、半年から一年、向こうで過ごすことも決まってその準備が忙しかったの」

それ以前からも、チャンピオンが出たことでジムに通うボクサーが飛躍的に増え、なんだかんだで面倒見のいい柿本さんはトレーナーとしても多忙を極めていたらしい。

何もかも純也の予想通りだ。

「それに加えて、すみっこごはんがNPO法人を名乗っている手前、行政とのやりとりやら予算管理やら、けっこう細々とした仕事があってね」

「すみません。私達、何も気がつかなくて」

「ううん、責めたわけじゃないのよ。ほら、兄ってけっこう虚勢を張るタイプでしょう？　だから正直、今回お医者さんに注意されるまで、私自身もそこまで疲れてるなんて気がつかなかったんだもの」

それほどまでに柿本さんは無理を重ねていたのだ。おじいちゃんの体調のことも、柿本さんの疲れにも、何も気がつけなかった。何が、もっと人を助けられる存在になりたいだ。すぐそばにいる大事な人の苦境に気づけない人間に、そんなことができるわけがない。

「やだ、そんなに心配しないで。病気ってわけじゃないんだし、ね」

黙りこくってしまった私に、前川さんが慰めの声をかけてくれる。

「あの、柿本さん、いつからアメリカに行くんですか？」

「え⁉　あの人、まだ言ってないの？　実は——来週なの」

これには、さすがにどくんと心臓が跳ねた。

「そんなに急なんですね」

前川さんが眉尻を下げて詫びる。

「兄なりに、まずは楓ちゃんにアメリカ行きのことを話すタイミングをうかがっていたらしいんだけど、何だか失敗しちゃったんですって？　口ベタでごめんなさいね」

「いいえ、柿本さんはちゃんと話してくれたんですけど、私が上手く受け入れられなかったんです。話の腰を折って、途中で帰ってきてしまって」

「そうだったの」しんみりと頷いたあと、前川さんが微笑んだ。

「あの付き合いにくい兄が旅立つことを、そんなに悲しんでくれてありがとう。兄にもそういう人達がいるってわかって、勝手だけれど何だかほっとしちゃった。アメリカでもきっと大丈夫な気がしてきたわよ」

屈託のない前川さんを目の前に、私の心はどんどん沈んでいく。

まさか柿本さんが去ってしまうなんて。それも、来週だなんて。

聞くのを拒否していたのは自分のくせに、そんな大事なことをついこの間まで打ち明けてくれなかった柿本さんに腹が立った。

それでも、表面上は微笑みを返した。十八歳になり、こういうこともできる自分になっていたのだと、初めて知った。

「柿本さんは、どこにいても大丈夫だと思います」

言葉の壁や習慣の違いなど軽く超えて、渋柿節で逞《たくま》しく生活している柿本さんの姿が目に浮かぶ。だから、大丈夫じゃないのは、むしろ私のほうなのだ。

情けない弱音を心の中で吐きながら、私は燦然と輝くチャンピオンベルトをただ見つめていた。

＊

三日後、私は柿本さんに改めて呼び出された。ただし今度の待ち合わせ場所は、なぜか中央線の八王子《はちおうじ》寄り、各駅停車の小さな駅だった。しかも、「どうしても五時がいいんだ」と言い張った柿本さんに従い、学校を早退して五時少し前に到着した。

改札口で待ち合わせ、駅を出てすぐの、少しレトロな喫茶店に入る。ベロア素材の椅子にどかりと腰を下ろすなり、柿本さんが尋ねてきた。

「この間、わざわざジムまで来やがったんだって？」

「具合、もういいんですか？」

「別に、あの日だって病気だったわけじゃねえんだ。ただちょっと寝不足ってだけで」

柿本さんがけっと小さく毒づいた。一度目が合って、ぷいとそらされる。

沈黙が続き、何だかたまらなくなって頭を下げた。

「この間は、すみませんでした。せっかく話してくれたのに、私、あんまりびっくりしちゃって」

奈央さんや一斗さんが去っていったことで傷ついていた部分に、さらに強烈なパンチが飛んできた感じだったから、とはさすがに言わない。

「いや、俺も、どうしても唐突な感じになっちまった。でも、ずっと考えてたんだ。NPO法人の代表は、楓が十八になったら辞めるって。それは忙しいとか何とかっていう以前の、由佳さんとの約束なんだ」

「お母さんとの？」

柿本さんが、唇を噛んで頷く。

「色々と遺志を継いでくれるのは嬉しいけど、ずっと縛られるのはダメだって。俺は俺自身の人生を完璧に自由に生きていかなくちゃダメだって。だから、楓が十八になったら、すみっこごはんのことは忘れてくれって言われてた」

「そんな」酷い、とは思えなかった。お母さんはきっと知っていたんだ。柿本さんの気質も、そんな風に釘を刺さなければ、柿本さんがずっと責任を必要以上に背負って生きていくであろうことも。短い付き合いの私でさえ想像がつくのだから、お母さんはなおさら心配しただろう。

「俺はそんな約束、無視しようとしてたんだ。楓が十八だろうが何だろうが、俺が好きでやってることだから関係ねえってな。だけど、楓の誕生日が近づくにつれて、うちの掃きだめみてえなジムが忙しくなったり、俺が体調を崩しちまったり、チャンピオンがアメリカで力を試してえだの言うようになってきて、どうもすみっこごはんの仕事に集中させてくれねえ」

柿本さんはその後を言い淀んで、一度、お茶を口にした。

「別に笑ってくれて構わねえけど、まさに楓の誕生日の日に、俺は夜中にぱっと閃《ひらめ》いた。ああ、これは、由佳さんからのメッセージかもしれねえって。約束を守れって、あの手この手で俺に知らせようとしてるんじゃねえかって」

柿本さんの言葉を笑う気にはなれなかった。誰より私自身が、すみっこごはんにお母さんの存在を感じながら暮らしている。

「だから、その」

つづきを言い淀む柿本さんを見据えて、私はぱっと微笑んでみせた。我ながら、内心の動揺などおくびにも出さずに上手く笑えた。さすが、十八歳の有権者だ。

「行ってらっしゃい、柿本さん。私は大丈夫ですから。純也も、おじいちゃんもいるし。

田上さんや丸山さんや、金子さんだっているし」

「まあ、そうだよな。俺なんかより、よっぽどしっかりしてる奴らばっかりだしな」

「はい。だから、柿本さんは、アメリカでの武者修行のことだけに専念してください。すごく有名なトレーナーのレッスンを受ける予定だって聞きましたよ」

「ああ、そのことな。英語がわからねえのに、どうするんだって話なんだけど、この間、テレビ電話みてえので話してみたら、不思議とボクシングのことだけは通じ合えるっていうか」

話し出した柿本さんの頬が、興奮のせいか赤みを帯びていく。

これでいい。柿本さんはお母さんの言う通り、これから完璧に自由に自分の人生を生きていくべきだ。

お母さんの手料理の味を、時を超えて私につなげてくれた人。そんな恩人を笑顔で送り出せなかったら、今度は私に対してお母さんからメッセージが飛んできそうだ。

わかっている。これはただの空元気だ。実体のない元気でも振り回さなければ、柿本さんを引き留めてしまう。

「お土産話、楽しみにしていますね」

ことさらに口角を上げてみせる私とは逆に、柿本さんはきゅっと口元を引き締め、小さく頷いてみせた。

「あとな、実はもう一つ、言っておきてえことがあるんだ」

「なんですか？　何でも心配事は伝えておいてください」

柿本さんは目を瞬いたあとで、コホンと咳払いした。

「いや、心配事じゃねえ。瑛太のことだ。居場所がわかった」

柿本さんの発した声に、私は、はっと息を吸い込んだ。

逃げ場を求めて、さして興味もない外に目を遣る。夕方六時。まだ空に青さは残っているけれど、カラスが巣に向かって移動を始めている。そばに大きな高校があるらしく、駅を目指して歩く制服の男女が列を成していた。

「そろそろ行くか」

「え、そろそろって」

付いてくればわかる、とだけ言って柿本さんは会計を済ませ、せっかちに店を出て歩き出した。有無を言わせぬ様子に、仕方がなく小走りで後を追う。高校生の群れとは逆流するように、必死で柿本さんの背中を追って走った。そのうち、手の平に冷や汗をかいている自分に気がつく。

「もうすぐだ」

少し先で振り返った柿本さんに、やっぱり帰ります、と言いたくなるのを危うくやり過ごした。

「あそこだ」

柿本さんが道の向こうを指差した先にあったのは、とある町工場だった。『島田《しまだ》整備』と看板が出ており、どうやら板金工場らしいことがわかる。住宅に囲まれた一角で、大きなシャッターを三枚開け放した工場の中では、数台の車の整備が行われていた。工場のすぐ隣には小さなオフィスビルが建っていて、一階は島田整備の事務所、二階から五階まではアパートになっているようだ。

「ずっと探してたんだが、なかなか見つからなくてな。ようやく、ここで働いてるってことがわかったんだ」

当初、瑛太君の通っていた中学に直接問い合わせたところ、不審者扱いされて、教えてもらえなかったのだという。そこで、その中学に就職者を募集していた企業がないか調べたり、中卒の人材を積極的に雇い入れている都内の会社をピックアップして、しらみ潰しに問い合わせていったそうだ。

それは、体調も崩すはずだと思ったけれど、言えなかった。柿本さんの気持ちが、痛いほどわかったから。

「でも瑛太君って、警備会社に就職したんじゃなかったんですか」

「俺もそう聞いてたから、思った以上に見つけるのに手間取っちまった。あいつ、警備会社は早くに辞めて、この工場に再就職したみてえだな。やっぱり夜勤とかあって大変だし、あいつのところ、母親も事情があっただろう？」

まだ十六歳の彼が抱えているものの重さに、私はどんな返事も思いつかなかった。

瑛太君、どこにいるんだろう。

今、ここから顔の見えている人達は、世間では若者と呼ばれるに違いないけれど、瑛太君よりずっと年上だ。

柿本さんと二人、もう少し近づいてみる。工場と道一本挟んだだけの角まで来て、左右へと視線を動かしても、やはり瑛太君の姿は見えなかった。

待つしかないと気長に構えたその時、荒い声が響いた。

「おい、まった間違えやがって！　えいた、ちょっとこっちこい！」

男性の苛立《いらだ》った背中に、胃がぎゅっと絞られたようになる。呼ばれた〝えいた〟が、果たして柿本さんの言う通りあの瑛太君なのかどうか、目をこらして見守った。

やがて、工場の奥の暗がりから、一人の少年が現れ出てきた。細い身体、どこか陰を感じる目元、引き結ばれた唇――記憶より少し大人びてはいたけれど、間違いなく瑛太君だ。

「工具のしまい方、また間違えてんぞ。ったく、同じこと何度も言わせんなや」

男性の大声に対して瑛太君がどう答えたのかまでは聞こえなかったけれど、握り拳に力を入れて様子を見守ってしまう。

「ザワ、その辺にしとけ」

仲裁に入ったのは年配の男性だ。

「だってこいつ、全然仕事覚えねえんだもん。やる気あんのかよ」

まあまあ、という様子で男性が若手の肩を叩いたのに対して、瑛太君が発した言葉が今度はしっかりと聞こえてきた。

「すみませんでした。もう一回やり直します」

「おう、今度間違えたら承知しねえぞ」

「はい。気をつけてやってみます」

瑛太君は、はきはきと返事をすると、工具を抱えて奥の方へと戻っていった。

「なあ、あいつ、男の顔になったと思わねえか？」

柿本さんの声は、どこか誇らしげだ。

「だから、もう気に病むことはねえ。楓も瑛太のことに囚《とら》われねえで生きて行くんだ。あいつだって――」

急に黙った柿本さんの横顔を見上げると、微かに口を開けていた。

「ちくしょう、今ようやく、由佳さんが俺に自由に生きろっていった時の気持ちがわかっちまった。なあ、今あの人が生きてたら、きっと楓にも同じことを言ったと思うぜ」

間もなくして、瑛太君が再び工具を並べ終えたらしく、ザワと呼ばれた先輩へと渡し、今度は合格点をもらっていた。ちょうどその時、制服姿の高校生達が工場の前を横切って、しばし瑛太君が彼らへと視線を止める。その瑛太君の頭を、ザワさんが励ますようにかき混ぜた。

「おまえもそろそろ時間だろう？　早く上がれよ」

「はい。お疲れ様でした」

瑛太君は丁寧にお辞儀をすると再び奥へと戻っていく。

「この後、まだ移動するからな」

柿本さんは、じっと動かずに言う。その言葉通りに、瑛太君が今度は大きなリュックを背負って出てきた。

「お疲れ様でした！」

大きくお辞儀をすると瑛太君は工場を出て、交差点の向こう側へと渡ろうとしている。改めて後ろ姿を眺めてみると、少し背が伸びたみたいだ。男の子達は、雨が降ったあとの植物みたいににょきにょきと背が伸びていく。そんなことを寂しく思うなんて、心が弱くなっているのだろうか。

瑛太君は、目的地がある人特有の迷いのない早足で、せかせかと交差点を歩み去っていく。

「よし、俺達も瑛太と同じほうに渡るぞ」

柿本さんに急かされて、瑛太君が後ろを振り返らないかとひやひやしながら青信号を渡った。渡り終えた頃には、瑛太君の方はほとんど走っていて、こちらもつられて駆け足になる。

「もしかして気づかれてないですか⁉」

「いや、違う。六時からだから、急いでるんだろう」

「だから何がですか？」息を切らしながら必死についていくと、やがて瑛太君は、とある敷地の中へと急カーブして消えていった。

「あそこ、何ですかね？」尋ねながら、どくんと心臓が跳ねる。

「さあ、何だろうな」答える柿本さんの声は、珍しく浮き立っているようだ。

そっと、瑛太君が消えた辺りまで歩いて行く。もしかして、いや、きっとそうだ。それとも都合のいい希望を抱いているだけだろうか。心の中で忙しく考えながら、立派な石門の前に立ち、しばし言葉を失った。

「あいつ、やるだろう。普通の子供らよりずっと大変な思いして、それでも自分で気持ちを切り替えて道を切り拓いて。すごいと思わねえか？」

石門には、とある都立高校の名前が刻んであった。

「ここって、もしかして定時制のコースがあるんですか？」

「ああ、そうだ」

すみっこごはんと同じくらい古びた校舎が、どんな真新しい校舎よりも、どんなに有名な進学校の校舎よりもどっしりとした温かな場所に見える。

そうか。瑛太君は、就職先を見つけただけでなく、夜間の高校にも通っていたのか。

密かにそうしてくれていたらと願っていた。その道を、瑛太君は自分の力で見いだし、力強く歩んでいた。

言葉もなく、ただ、瑛太君の学び舎を見上げる。

三つ明かりが点いているうち、瑛太君はどの教室にいるのだろう。むさぼるように黒板の字を写し取っている瑛太君の姿が見えるようだ。すみっこごはんでもそうだったように、瞳を輝かせて、学ぶ喜びを全身から発散させているに違いない。

「すげえだろ、あいつ」

柿本さんの震える声に、そっと頷く。

教室からこぼれるキラキラとした明かりは、柿本さんからの最高の置き土産だった。

＊

今日も五時半になる十分程前から、おなじみのメンバーが続々と集まり始めた。

金子さん、田上さん、丸山さん。純也と連れだって久しぶりに顔を見せたのは、ジェップさんというタイ人の留学生だ。彼だって、元々は柿本さんが連れてきてくれた。

「柿本さんがアメリカに行くっていうから、ご挨拶にうかがいました」

ここへ来た時にはまだ辿々《たどたど》しさが目立っていた日本語が、すっかり流暢《りゅうちょう》になっていて、自分のほうが下手かもしれないと不安になる。

今日の集まりは、誰も口には出さないまでも柿本さんのお別れ会という意味合いもあったから、奈央さんや一斗さんにも声を掛けた。残念ながらどうしても予定が合わずに、二人抜きの会となってしまったけれど。

「じゃあ、くじ引きでもするか」

立ち上がろうとした田上さんに目配せをして、柿本さんがくじ引きの棒を持ち出してきた。次々に棒を差し出していくけど、どうしても引かせたくない一本があるようで、誰かが引こうとすると強く引いて妨害する。

「わかったよ、じゃあ隣のを引けばいいんだろ？」金子さんが呆れ顔でハズレくじを引いたあと、棒は私に回ってきた。あと引いてないのは、私と柿本さんだけ。つまり、二本のうちのどちらかが、当たりくじとなる。

右側を引けよな。

柿本さんが、無言の圧力をかけてきた。何しろ、向かって右側の棒のほうが、左側よりずいぶんと長い。

「じゃ、じゃあ右で」引き抜いてみると、案の定ハズレで、どうやら今日は、柿本さんがどうしても料理をしたいらしかった。

「まったく、すみっこごはん至上主義者だよなあ。こんな時ぐらい、自分がつくりてえって言えば、誰も反対なんてしねえのにな」

金子さんが、駄々っ子を見守るように腕を組む。

「うるせえ。誰がなんと言おうと、ルールはルールだ。由佳さんが決めたんだから、俺は最後までそれを守るのみだよ」

「で、最後の晩餐は何をつくるつもりだ？」

金子さんの声に、柿本さんが顔をしかめた。

「縁起の悪い言い方をするな。俺はもうすぐ飛行機に乗るんだぞ」

話をそらして、できあがるまで教えてくれないつもりらしい。

皆、顔を見合わせたまま、期待を膨らませはじめた。

こんな時、奈央さんがいたら、いっしょに料理の当てっこで盛り上がれるのにな。一斗さんがいたら、柿本さんがいなくなる寂しさを絶妙な言葉で慰めてくれるのにな。

相変わらず幼い不満を抱きながら、買い出しに向かう柿本さんを見送った。

笑顔で送り出すのが柿本さんへの精一杯の餞《はなむけ》だと理性ではわかっているのに、いざその時が近づいてくると寂しさが波のように襲ってくる。

柿本さんは、この場所で暮らしていた生前のお母さんと幼い頃の私を知っている生き証人だ。私の中ではいつの間にか、お母さんとのつながりそのものに感じられていたのかもしれない。

「今日、柿本さんがつくるのは、とても辛いかしょっぱいものだと思いますね、私は」

突然、丸山さんが口を開いた。

「あら、どうして？」尋ねた田上さんに、丸山さんは思わせぶりに微笑んだだけだ。

「俺は肉じゃがだと思うな。ああ見えても柿本さんは団らん好きだから」

「あ、僕、柿本さんのつくる肉じゃがを久しぶりに食べたいです」

金子さんの予想に、ジェップさんが嬉しそうに目を細めた。

「それにしても、あの渋柿の文句も明日からしばらく聞けねえとなると意外に寂しいもんだな。ま、本人には絶対言わねえけど」

金子さんが、けへへと笑って、床屋に行ってきたばかりだという短い髪をこする。

「そうねえ。なんだかんだで一番の古株ですものね」

「ここのレシピをあれほど正確に再現できる人もなかなかいませんしね」

室内に、音のないため息が満ちる。

「僕にとっては、日本のお兄さんでした」これはもちろん、ジェップさんだ。

「俺にとっては、まあ、ちょっと口ではうまく言えないかも」

つい先日はクールにふるまっていたくせに、純也は声をくぐもらせてしまった。

梅雨の入り口に差しかかった外からの空気が、肌にもったりと重い。

皆が言葉を失って、再びしゃべって、またしんみりと言葉を失って、と繰り返しているうちに、出入り口が軋《きし》みながら開いた。

「悪い、みつおかまで行ってたら遅くなっちまった」

柿本さんが、袋を抱えてやってくる。部屋の空気を察してか否か、大股で厨房へと入っていった。

「楓、ちょっと味噌汁を頼む。田上さん、副菜を準備しなくていいのか？」

「ええ、ええ、そうね」

慌てて立ち上がった私のあとに、田上さんもつづく。

「丸山さんはこのあとの小料理屋を予約済みだよな？　今日はおごる約束だろ？」

「あ、うっかりしてました。これから電話を入れます」

「つたく、みんなしてぼんやりしてるんじゃねえよ」

毒づきながらも、柿本さんの腕はてきぱきと働いている。

「ところで柿本さん、今日は何をつくるつもりなんだ？　そろそろ教えてくれよ」

金子さんが厨房までやってきて、興味深げに広げられた材料を眺めた。

「ネギ、生姜、ニンニク、豚挽肉、豆腐、花椒《ホワジャオ》に豆板醤《トウバンジャン》に味噌、酒に鶏ガラスープか。こりゃ、丸山さんが正解かな」

「どれどれ？」丸山さんものぞきにやってくる。

「ははあ、麻婆豆腐ですか。私だったら、料理酒じゃなくて紹興酒、味噌じゃなく甜麺《テンメン》醤にしますがねえ」

「俺がつくるのは、あくまでレシピノート通りの皿だよ」

柿本さんはすげなく答えると、ネギ、生姜、ニンニクをリズミカルな包丁さばきでみじん切りにしていった。

「でも肉多めですっげえ美味《うま》いんだよな、柿本さんのは」

さっきの涙はもう乾いたのか、純也がほくほくと呟く。

「楓、手が空いてたら、調味料を合わせておいてくれや」

「はい、もうやってます」

応じた私に対し、柿本さんがふんと鼻を鳴らす。ここでもたついていると「まったく、とれえなあ」と容赦なくため息をつかれるから、奈央さんは柿本さんに頼まれてもあまり厨房に入りたがらなかった。

〝麻婆豆腐は豆腐が命！　赤ん坊のように大切に扱うこと！〟

とはレシピノートの一言メモだ。

「よっしゃ。ちょっと面倒だが、手間をかけて豆腐の準備をするぞ」

きれいな賽《さい》の目に切った豆腐を、七〇度くらいのお湯に入れてじっくりと温める。

「ここで焦って温めると旨味が逃げるからな。ていねいに、ていねいにだ。それと、お湯に塩少々を入れるのも忘れるなよ。豆腐を崩れにくくする秘訣だ」

レシピノートに書いてあるのと同じ説明を柿本さんが口にする。この人は、いったい何度レシピノートに目を通し、何度厨房に立ったのだろう。数え切れねえよ。

そんな答えが、まな板に向かう立ち姿から浮かんでくる。私の想像だけれど、レシピノートを読んで料理をつくる行為は、柿本さんにとって、お母さんと会う唯一の方法だったのではないだろうか。私だってそうだ。このノートを読んでいると、もう記憶にないはずの、たんぽぽみたいな明るい声が聞こえてくる気がするから。

豆腐を温める間、柿本さんは中華鍋で豚肉を炒めはじめた。こちらもじっくり炒めることで、豚肉の旨味を閉じ込めたまま熱を通すことができる。じゃあっという音とともに、柿本さんの持つ玉じゃくしが赤身の肉をほぐしていく。やがて甘みの強い香りが立ち上り、皆がごくりと唾を飲み込んでいるのが空気を伝って感じられた。

「そろそろ豆板醬だな」

さらに、生姜、ニンニク、ネギなどの香味が加わって、たとえ満腹でも食欲が再び湧きそうないい匂いが部屋中に広がる。

「こういう辛い匂いはふるさとを思い出しますねえ！」

ジェップさんの声に、皆が思わず笑ってしまった。

そうだ。これこそ、すみっこごはんの力だ。厨房から漏れだす調理の音、香り、何よりも自分達のために料理をつくってくれる誰かの存在が、どんな時にも笑う力をくれる。たとえお別れの時でもだ。

煮詰まってきた鶏ガラスープには香味野菜の香りが存分に移ったらしい。赤く煮詰まったスープの香りをかいで柿本さんが「よし」と頷くと、あらかじめ温めていたお豆腐をそうっと滑りこませた。

赤ん坊をあやすようにフライパンを優しく揺すりながら、柿本さんの横顔にほんの一瞬、少年のような繊細さが垣間見えた気がした。

今、お母さんのことを考えました？

尋ねようと思ったけれど、とろみのついたタレにごま油が回し入れられ、うっとりとするような濃い香りが立って、何もかも吹き飛んでしまう。

「ああ、もうたまんねえ。今日って、白米多めに炊いてますよね？」

純也の食い気に満ちた声が、しみじみとした悲しみを笑いに変える最後のスパイスになった。

皆でテーブルを囲むと、柿本さんが一瞬黙ったあと「いただきます」と声を発した。

皆も、きっとそれぞれの思いをこめて手を合わせる。

「俺が一番のりぃ！」純也は、赤味の強いタレがとろりと絡んだ豆腐をレンゲですくい、あっという間に口の中へと放り込んだ。

「かっれええ。うっめええ」

「うん、毎度のことながら、見事な仕上がりだな。豆腐の形がぜんぜん崩れてない」

「本当に。私なんて、気をつけたってお豆腐が小さく砕けて散っちゃうもの。それに、ぷりぷりっとした食感が残っているのに、ちゃあんとほろっと口の中で溶けるのよね」

「へたな人が作ると、主役は挽肉になってしまいますが、ちゃんとした麻婆豆腐は、豆腐が主人公ですね」

皆の声を聞くだけで唾が溢れそうになってしまい、慌てて私も一口いただく。

「ふわあ、ほんとに美味しい」

タレと抜群に味の絡んだお豆腐の食感が口の中で柔らかく消えていくと、辛みのあとから、複雑な旨味がじんわりと浮かび上がってくる。

田上さんの副菜は、エビマヨ、ツナと春キャベツのサラダ、それにほうれん草のごま和えで、辛みで痺《しび》れた舌を休ませるのに優しい味わいばかりだ。

すごい勢いで食べたまま一言も発しないジェップさんに、田上さんがそっとティッシュの箱を差し出した。

「すみません」

頭を下げて鼻をかむ。その拍子に、ジェップさんの目からひと滴の涙がこぼれる。

そこではじめて、もう一人、何も喋っていない人がいることに気がついた。

ジェップさんの向かいに座る柿本さんだ。

ムキになってレンゲを動かしつづける柿本さんに、ジェップさんが、さっき受け取ったティッシュの箱を渡す。

「ばかやろう、俺はただ辛みがちょっと固まってた箇所があっただけだ」

言いながら、けんめいにティッシュで目をこすった。もはや柿本さんだけではなく、そこにいる全員にティッシュが必要だった。

「辛い物で正解でしたね」

丸山さんが、少し咳き込みながら、そんなことを言う。

そうか、丸山さんは、柿本さんの言い訳を予測してあんなことを言ったんだ。

決して個々人の事情に踏み込みすぎることのないはずだったすみっこごはんという場所で、いつの間にかそんな機微まで読み合えるようになっている。

お母さん、お母さんもティッシュが必要？

永久予約席にそっと目をやったけれど、視界がうるんでよく見えなかった。

*

その夜、久しぶりに受験勉強に集中できた。

瑛太君もきっと今は授業中だと思うと、自然と真摯な気持ちで机に向かうことができたのだ。そのおかげか、なかなか解けなかった微積の問題が、奇跡的に腑《ふ》に落ちて解けそうになったその時、コンコンと部屋の扉がノックされた。

「楓、息抜きにじいちゃんとケーキでも食べないか」

「ちょっともう、おじいちゃん！」

椅子から立ち上がってドアまで近づき、少し乱暴に開ける。のほほんとショートケーキを二切れ運んできたおじいちゃんに軽く口を尖らせてしまった。

「邪魔しないでったら。今、かなり集中できてたのに」

「おお、そうかそうか。悪かったなあ。受験生だもんな。あんまり無理するなよ。じゃあ、ケーキは楓の分だけ置いていこうか？」

中途半端に差し出されたケーキに生唾が湧いたけれど、苦労して首を横に振った。

「やめとく。太るし」

「そうか。じゃあまあ、明日にでも食べなさい。冷蔵庫に入れておくから」

「ん。ありがと。おじいちゃんも早く寝てよね。病み上がりなんだから」

私の声に、おじいちゃんは素直に頷いて階段を下っていった。

改めて椅子に座り直したけれど、微積の神様はすでに立ち去ってしまった後のようだった。しんとした部屋で、先ほどのほの甘い生クリームの香りを思い出す。

ちょっと、冷たくしすぎたかな。おじいちゃんは多分、柿本さんのことで落ち込んでいる私を慰めようとしてくれたのだし。

断ったら断ったで気になり、そっと階段を下りるはめになった。居間を覗くと、私が戸を引いたことにも気がつかず、バラエティ番組を観ていたおじいちゃんが、大口を開けて笑っている。馬鹿らしくなって再び部屋へと戻り、微積との格闘を再開した。

再び集中が戻ってくる。うん、今度こそ解けるかもしれない。
受験生のお手本のような夜が刻々と更けていった。

なあ、母さん。

俺は、あんまりいい父親にはなれなかったけど、なかなかのじいちゃんにはなれたんじゃないか？　だって、今の楓の姿を見てくれよ。

身内びいきかもしれねえが、あんなに素直で真っすぐな子が今どきいるか？　母さんや由佳に似てべっぴんだしな。心配と言えば、少し生真面目すぎるところくらいだ。

よくこんなじじいの元で、あんないい子が育ったよな。

何より、あの子は人に恵まれている。恵まれすぎているくらいだ。

この殺伐とした世の中で、実の家族みたいに、楓を見守って手を貸してくれる人達が周りに大勢いる。それぞれ、本当に信頼できる人達だ。今、楓を一人にしないでやってくれ。そんな風に頼める人達があんなにもいることを、俺は心から誇りに思うんだ。

ああ、ちょっと今日はしんどいな。やたらと動悸がしやがる。休みたいのに、ずっと走らされてるみたいだ。神様も残酷なことをするよな。

だけど、そんなことをあの若先生に言ったら、待ってましたとばかりに薬を強くするからな――ああ、そうだな。やっぱり由佳も、だから弱音は吐かなかったんだな。

一言でも痛えだの辛えだの漏らしたら、点滴の種類が変わって、はっきりとした頭で楓と会えなくなる。話せなくなる。

そんなこと、俺には耐えられねえ。

孫は可愛いっていうけど、あれはじいばあが孫に対して抱く気持ちの全部じゃない。

孫は、確かに可愛い。可愛くて、可愛くて、仕方がねえ。だけど同時に、楓は、俺にとっての未来だ。去りゆく俺みたいな年寄りにとって、楓は夢だ。俺が見られねえ未来を生きる希望だ。

楓のことだから、大学でも真面目に勉強して、社会に出たら人様の役に立って、沢山の人に感謝されるだろうなあ。そこで慢心もせず、さらに頑張ろうとするかもしれねえ。

歯を食いしばって前に進んでいる姿が目に浮かぶみたいだ。

自慢の孫だ。日本国民全員に、見せて回りたいくらいだ。

なあ、母さん。母さんだってそう思うだろう？

母さんが生きてたら、ばあちゃんとして、きっと俺なんかよりもっと上手に言ってやれるのになあ。

『頑張るのは、いつもほどほどにするんだ。疲れたら休め。弱い自分を責めるな。そんなに頑張って強くならなくても、おまえは誰かを喜ばせ、役に立っている。たとえば、じいちゃんにとっては、ただそこにいてくれるだけでどんなに有り難い存在だったか。純也にとっても、すみっこごはんの皆さんにとってもそうだろう。

いつか楓だって、じいちゃんじゃない、他の誰かと暮らすことになる。子供にだって恵まれるかもしれない。そしたら、彼らにとっても、楓はただそこにいてくれるだけで、喜びをくれる存在なんだ』ってな。

きちんと、あいつの根っこまで伝わるように言ってやれただろうなあ。

いっつも頑張ろうとする楓を見て、俺は心配でなあ。あいつは父親や母親の愛情じゃなく、じじいの愛情を受けて育った。ありったけの愛情だが、所詮俺はじじいだ。本当の父さんや母さんの愛情ってのが記憶として注がれてねえ。その影響が、そういう頑張りすぎるところに出ちまってるんじゃないだろうか。

俺か？　俺はそんなしゃらくせえこと、とてもじゃないが言えねえよ。まったく嫌になる。何だって本心ってのは、近しい人間になればなるほど、言葉で伝えづれえんだろうなあ。

カレー・リレー

羽田《はねだ》空港には何かの機会に行ったことがあるけれど、成田《なりた》空港に来たのは初めてのことだった。

所在なげに立つ柿本さんの隣で、妹である前川さんが深々と頭を下げる。

「皆さん、お休みの日にわざわざ来ていただいて、本当にありがとうございました。兄も喜んでいると思います」

「おい、俺の葬式みてえな挨拶をするな。別に、こんな大勢で来ることはなかったんだ。見送りなら、この間すみっこごはんでやったろう？」

相変わらずの渋柿節だったけれど、今日は誰も咎める人はいない。

田上さん、丸山さん、金子さんにジェップさんに純也、それに一斗さんや奈央さん、秀樹君までいる。この土曜日、久しぶりにおなじみのメンバーが勢揃いして、今、柿本さんを送りだそうとしているのだった。

この間、涙のお別れ会をしたせいか、今日の皆はからりと明るい。その雰囲気と、全員が揃っていることへの興奮で、別れの辛さはほんの少し薄らいでいる。

「チャンピオンの足引っ張るんじゃねえぞ」

「そうですよ。日本の宝ですからね」

金子さんの憎まれ口に、丸山さんが淡々とした毒舌で悪乗りする。

「もう、二人とも、いい加減にしてくださいよ。柿本さん、これ、もう用意はしてあるかもしれないけれど持っていって。薬一式が入っているポーチ」

そう言って割と大きな黒めのポーチを差し出したのは田上さんだ。いつもの柿本さんなら「こんなでっけえの、入れる場所ねえよ。返す」とか何とか言いそうだけれど、文句もなしに受け取った。

「私と一斗さんからは、これです。出汁パック。一斗さんが調合したかつおと昆布の出汁を、私がお茶パックの袋に詰めました」

「おう、悪いな。奈央が調合に関わってなくて助かったぜ」

柿本さんの照れ笑いを、初めて見た気がする。

「俺達からは、機内で読む有益な本だ」

一斗さんを除く男性陣が相談して買ったという本は、初心者向け英会話の本だった。

「この本を買った人向けの音声もネットで聞けますから、聞き流して身につけるといいですよ。私もこれで勉強しているんです」

丸山さんが人の悪い笑みを浮かべたところで、ようやく柿本さんが「けっ。余計な真似しやがって」といつもの調子を取り戻してきた。

「私も、これを」

私が選んだのはスリッパだった。気に入ってもらえるか少し心配だったけれど、部屋の中でも靴を履く文化のアメリカは、スリッパが何足あっても邪魔にはならないと思ったのだ。

「ま、その、なんだ。気を遣わせちまってわりいな」

柿本さんは、皆から受け取った贈り物を、前川さんが差し出した袋の中にひとまとめにして、軽く掲げた。

ずきりと胸が痛む。それでも、心細いとか、寂しいなんて、言ってはいけない。

柿本さんは、お母さんが望んだ通り、新しくて広い世界に、自由に羽ばたいていくのだから。

そろそろ、搭乗手続きを済ませる時間だった。

「それじゃあ、もう行くわ。こいつをスーツケースに詰め直さねえといけねえし」

言葉と裏腹に突っ立ったままの柿本さんは、何かを言い淀むように口だけを動かした。

「どうしたんです？」丸山さんの問いかけに、ようやく吹っ切ったように答える。

「いや、なんでもねえ。みんなも、これから色々とあるかもしれねえが、まあ、頑張れよ」

意外な激励の言葉に、唇を噛んで耐える。涙はこのあいだ流した。門出の今日は笑って見送りたい。

「柿本さんこそ、風邪引くなよ」「憎まれ口ばかりじゃいけませんよ」

「そうだよ、柿本さん、スマイルだスマイル」

皆、次々に、柿本さんに餞の言葉を贈る。

柿本さんは「うるせえよ」と面倒くさそうに手を挙げて応えた。

見慣れている少し丸まった背中が遠ざかっていく。一度も振り返らずに保安検査場に並ぶ人々の列に加わり、すいすいと進んでいく。

「何だか呆気ねえもんだなあ。なあ、丸山さん。丸山さん？」

金子さんに話しかけられた丸山さんは、実は先ほどから、きょろきょろと辺りを見回して落ち着きがない。

「ああ、すみません。ちょっと、知人がいないかと思って」

「来なかったみたいね」

それでも諦めきれないように、田上さんも辺りを見回している。

「他にも誰か呼んだんですか？」

田上さんや丸山さんにつられて、私も周囲に視線を巡らせる。家族連れにビジネスマン風の男性。日本へ観光で訪れたらしき海外からの団体ツアー客達。大柄の人々に紛れて、つい先日、追いかけたばかりの背中が見えた。

少し背が伸び、骨格もずいぶんとしっかりしたように見えるあの背中は、間違いなく瑛太君のものだ。

「ねえ、純也、あの子」「うん、そうだな」

言うが早いか、純也が猛然とダッシュした。

「気をつけて！」

人が少なくない構内を、フィールドで相手チームのディフェンスをかわす要領で、すいすいとすり抜けていく。

「私なんかが見つけても、とても追いつけませんでしたね」

丸山さんが、純也の背中を眺めてため息をつく。

「丸山さんも、田上さんも、瑛太君に連絡を取ったんですね」

「ええ、そうなの。柿本さんから居場所を聞いてね」

言いながら、田上さんがそわそわと柿本さんの並ぶ列へと目を遣った。順番はさらに進み、柿本さんの番まであと五人もいない。たまらず、私も走った。ちょうど純也が瑛太君に追いつき、その腕を摑んだのが見える。

瑛太君は一瞬、純也を振り切って駆け出そうとしたようだけれど、結局、その場にとどまってうなだれている。

ようやく二人に追いつくと、私は、再会の言葉もへったくれもなく、瑛太君に向かって叫んでいた。

「急いで！　もう、柿本さん行っちゃうから！」

瑛太君は目を見開いて突っ立っている。その姿がじれったくて、ほんの少し躊躇したあと、腕を引いて走りだした。最初に伝わってきたためらいはすぐに消え失せ、しまいには瑛太君が私の腕をそっと振り払って、検査場の列へと駆け寄っていく。

柿本さんは今や検査員に促されて、金属探知機をくぐろうとする直前だった。

「待って！　柿本さん！」必死で叫んだ声に、柿本さんが「え？」という顔をする。

きょろきょろと声の主を探して私を認めたあと、ついに瑛太君の姿に気がついたのがわかった。

「柿本さん、僕——」

瑛太君が、柿本さんとしばし見つめ合う。二人とも言葉に詰まったように見えたけれど、検査員に急かされた柿本さんが、ついに「勉強頑張れよ！」と一言を発した。声が震えている。

「はい！　ありがとうございます！」

瑛太君は、少し間を空けたあと、深く、深く、頭を下げた。その頭が上がりきらないうちに、柿本さんが今度こそ行ってしまう。

たぶん、彼が来てくれたことは、私達が渡したどんなプレゼントより、柿本さんへの贈り物になったろう。

いつの間にかそばに来ていた奈央さんが、私の手をそっと握ってくれ、私もしっかりと握り返した。

私も、奈央さんも、瑛太君も、その場にいたすみっこごはんの面々は皆、しばらく柿本さんの歩き去った向こうをただ見つめていた。

*

都内へと戻る特急に揺られながら、私はごくりと唾を飲み下した。

目の前には、固い表情のまま姿勢を正し、視線だけを床に突き刺している瑛太君の姿がある。私も私で、時々、そんな瑛太君の姿を窺うだけで、まともに相手の顔を見られずにいた。

四人がけのボックス席には、私の隣に純也、瑛太君の隣に田上さんが腰掛けている。

空港で柿本さんを見送ったあと、瑛太君は、ためらいながらもこちらへゆっくりと近づき、今度は私達に深々と一礼した。固まってしまった私の代わりに、丸山さんが「良かったら、久しぶりにすみっこごはんへ食べにきませんか」と声を掛けたのだ。あの時、瑛太君はあのまま立ち去るつもりだったのだろう。かなり逡巡した様子だったけれど、結局、微かに頷いてくれたのだった。

「私、ちょっとお手洗いに失礼するわね」

田上さんが、出し抜けに宣言して立ち上がった。

田上さんが姿を消したあと、純也もしばらくそわそわとしていたけれど、「俺もなんか、腹を壊したみたいだ」とか何とか独り言を呟いて、消えてしまった。二人とも、下手なお芝居で、私と瑛太君を二人きりにしたいらしい。

あとはただ、電車の走る音に合わせて車窓の景色が過ぎ去っていくだけ。梅雨の始まった世界は、木々がしっとりと緑を深めている。その景色をのんびり見ている場合ではない、と自分を叱咤するのに、なかなか最初の一声が出せない。

それでも、いつまでも無言で座っているわけにはいかなくて、無理に自分を奮い立たせた。十八歳なのだし。

「元気、だった？」

ようやく出てきた言葉にはなんの捻りもなくて、自分で自分に失望してしまう。一方の瑛太君は、沈黙を守ったままだった。もしかして走行音に邪魔をされ、私の声が届かなかったのかと不安になりかけた頃、ようやく相手が反応した。

「はい。元気です」

「そう。そうか。うん、よかった」

違う、こんな返事をしたいわけではない。私は、そうだ、瑛太君にずっとずっと謝りたかったのだ。

ようやく、自分がやらなくてはいけないことを思い出して、大きく息を吸った。

瑛太君が、少し身構えるように、脚を引いたのが見える。

「あの、私、本当に、ごめんなさい」

瑛太君が驚いて息を呑んだのが、なぜだか頭を下げたままでもわかった。つづいて慌てたような声が響く。

「楓さん、頭、上げてください。頭下げるのは僕のほうです。僕、最後の日、楓さんに酷いこと言っちゃって、ずっと気になってて」

思わず頭を上げた私に対し、今度は瑛太君が頭を下げる。

「すみませんでした！」

瑛太君の頭は低く下げられたままだ。

「ううん、瑛太君は何も悪くないから。ほんとに私、あの時混乱してて、何も力になってあげられなくて」

「いや、そんなこと、絶対にないです！」

ぱっと瑛太君が頭を上げた瞬間、数ヶ月ぶりにしっかりと目が合い、ほんの数秒、無音の時が流れた。

「僕、あの冬、皆さんのお世話になったから今の僕があるって思ってます。どんな風に言っても嘘に聞こえるかもしれないけど、ほんとに皆さんに感謝してるんです。だから余計に気まずくて顔だせなくて。今日も、ほんとは遠くから見送りして帰るつもりでした。僕、あそこへ行っていいのか、ほんとは今もすげえ迷ってて」

しかし、再び訪れた沈黙は長く続く前に途切れた。

「まあまあまあ、どうしたの、そんなに深刻な顔をして。さ、もうすぐ乗り換えですよ。すみっこごはんに着く頃にはちょうど五時半だからね」

田上さんの貫禄の母の声に抗える人は、とても少ないと思う。

特急は徐々に速度を落として、ターミナル駅へと滑り込んでいった。

久しぶりに帰ってきた瑛太君を迎えて、すみっこごはん自体が喜びに震えているみたいだった。古びた室内や家具の一つ一つ、テーブルの傷にまで、歓迎の雰囲気が漂っている。

今日、空港からすみっこごはんにやってきたのは、瑛太君、私、純也、田上さんに金子さん、丸山さんだ。奈央さんと一斗さんは、残念ながら喫茶店の開店準備が忙しいらしく、茅ヶ崎へと戻った。秀樹君とジェップさんも、それぞれ予定があると空港で別れている。

瑛太君は、身の置き所に困った様子で、椅子の上でもぞもぞと小さく動いていたけれど、田上さんがさっそく、くじ引き棒を持ち出してきた。

「さあさあ、時間よ。瑛太君、まだルールは覚えているわよね」

「はい、ちゃんと覚えてます」

瑛太君の何気ない返事にも、頬をぱんぱんに膨らませて田上さんが笑う。

私達にできることは、変わらずここで迎え入れること。

誰かが顔を見せなくなる度に、そんな風に田上さんは落ち着いていたけれど、実のところ、いちばん瑛太君に戻ってくるよう働きかけたかったのは、田上さんだったのかもしれない。互いのプライベートな領域まで無理に踏み込まないこのすみっこごはんのメンバーの中でも、本来は、世話好きを絵に描いたような人なのだ。

「よし、じゃあ、俺から引くか。統計によると、最初に引いたやつは当たりづらいみたいだからな」

「ええ、ほんとっすか？　金子さん」

純也の疑わしげな声を無視して、金子さんがにやりと笑いながら一気にくじを引く。

「な？　言ったろう？　今日は疲れたから、テーブルで茶でも飲んでるわ」

金子さんは、見事に何の印もないくじを引き当てると悠々と椅子に戻った。次に丸山さん、純也とつづき、瑛太君までくじが回ってくる。

「ちなみにですが、久しぶりの人には当たりやすいというジンクスもあります」

「もう、丸山さん、そんなジンクスないじゃないですか」

たしなめると、「いえ、まんざら嘘でもないんですけどね」と真顔で返してきた。

「あ！」瑛太君から驚きの声が上がる。空港で会った時はずいぶんと大人びたなという印象を受けたけれど、今の一声からは、あどけない少年らしさが覗いていた。

瑛太君の右手には、赤い印のついた当たり棒がしっかりと握られている。

「なんかすみません、僕なんかに当たっちゃって」

「なに言ってるの。金子さんが言った通り、私達おじさんとおばさんは移動で疲れちゃったの。瑛太君みたいな若者に当たってくれて助かっちゃった」

そういう田上さんは、さすがに今日は作り置きのおかずを持ち込んでいない。

「あ、じゃあ私、お味噌汁と、瑛太君が選んだメニューに合わせて副菜を作ろうか？」

「お願いできると嬉しいです」

「瑛太、何か、肉々しいものにしてくれ。頼む！」

純也が手を合わせて拝む姿に、瑛太君がぷっと吹き出している。多分、すみっこごはんも、いっしょに笑っている。

瑛太君が袖をまくって厨房へと入った。ずっと待ち望んでいた姿を、つい目で追ってしまう。少し間は空いてしまったけれど、あれだけ通いつめた場所だ。道具類の配置もほとんど変わっていないし、手慣れた様子で動いてくれるだろう。

しかし、瑛太君は戸惑ったように辺りをきょろきょろと見回しはじめた。

「どうかした？　大丈夫？」

瑛太君が困惑した顔をこちらへと向けた。

「あの、レシピノートって、どこでしたっけ？」

「へ!?　それなら、そこの壁際のフックに吊されて」

いないことに、今、気がついた。

「誰か、レシピノートを知りませんか？」

大テーブルで雑談していた皆も、条件反射でフックのほうへと目を向けたのがわかる。

「変ね。昨日は普通にあったわよ。丸山さん、使ってたものね」

「ええ。でもまた元の場所に返しておきましたよ。片付けをきっちりしないと気が済まない性格なので」

丸山さんの整理整頓好きは、皆わかっている。金子さんほどではないが、丸山さんがお料理をし終えたあとは、シンクにほとんど洗い物も残っていないし、油跳ねのひとつも見当たらない。その丸山さんが最後にノートを使ったとなると、元に戻したことは確実だから、その後、誰か意図的にフックから外した人物がいるのだろうけれど――。

「その辺の引き出しに紛れちゃってない？　それとも、まな板の後ろに隠れてるとか」

確かに以前、奈央さんがまな板の後ろにレシピノートを置いていた事件はあったけれど、今回、まな板の後ろには何もなかった。

それにしても、誰が、どこに間違えて仕舞ったのだろう？

純也もがさつなようでいて片付けはきちんとするほうだし、金子さんは少し神経質なほどだ。今の感じだと田上さんも触れていないようだし、もちろん私も。

金子さんが、ぱんと手を打って、その場の沈黙を破った。

「まあ、ノートはあとからみんなで探してみるか。時間も時間だし、まずは晩飯をつくろうぜ」

「そうね。誰かが昨日、料理が終わったあと捲《めく》って、うっかり変な場所に置いちゃったんでしょうし」

田上さんの声に、丸山さんも同意するように頷いた。確かに、なくなるような小さなものでもないし、どこかに紛れ込んでしまったのだろう。声に出しては言えないけれど、丸山さんが後片付けをし損ねることだってあるはずだ。

「ノートに書いてあるレシピなら大体頭の中に入っていますから、皆で手伝えますしね。瑛太君、何か食べたいものはないですか？」

尋ねる丸山さんに、瑛太君はにっこりと笑ってみせる。

「それじゃ、肉々しいかどうかはわかりませんが、カレーなんてどうですか。僕、カレーならざっくりですが作り方を覚えてるんです」

「ナイスチョイス！」純也が親指を立てて喜んだ。

「いいわねえ。すみっこごはんのカレーは、すぐできるし、さらっとしていて胃にもたれないし。そういえば、金子さんがブレンドしたスパイスも、まだ残っていたはずよ」

「田上さん、カレーの回は、いつもお代わりしますからね」

丸山さんが混ぜ返し、すみっこごはんに笑いが満ちる。

柿本さんが去った寂しさを埋め合わせたいという気持ちも手伝っていたけれど、瑛太君が戻ってきてくれたという嬉しさも嘘ではなく皆の中ではじけているのだ。

「じゃあ、僕、買い出しに行って来ます」

すみっこごはんを出ようとする背中に、気がつくと、声を掛けていた。

「瑛太君、お帰りなさい！」

タイミングがおかしいと言ってから気がつき、頬に熱が上る。

瑛太君は驚いた顔で振り返り、やがて照れたように「ただいまです」と微笑んで出ていった。

厨房に立った瑛太君が、材料の下準備を始めた。

今日は鶏肉のカレーだ。人参、じゃがいも、玉ねぎの皮を剝いて切る。あとは生姜をすりおろし、ニンニクはみじん切り。

瑛太君は、家庭環境の影響で、幼い頃からあまり手作りのごはんを食べたことがなかったという。実際、ここで何度か当番になった時も、包丁を持つ手元は危うかった。すみっこごはんに通ううち、包丁さばきは確かなものになっていたけれど、今見る手元は、さらに安定感が増していた。

「実は最近、母といっしょに、週末は料理を作り置きしてるんです。母も、パートですけど新しい仕事が見つかって、平日は忙しくしてるから」

「まあ、そうなの。良かったわねえ」

田上さんの声は、ここにいる皆の総意だ。

「週末に作り置きなんて感心ですね。さすがに、包丁がいい音をたててます。欲を言えば、切った時に少し包丁を引くと満点です」

弟子に対して厳しめの眼差しを注いでいた丸山さんは、彼にしては、べた褒めと言っていいコメントをした。

「あ、ほんとだ。もっとちゃんと切れる」

瑛太君が目を輝かせ、その後も、時々、皆にレシピを尋ねながら着実に調理を進めていく。

実はすみっこごはんのカレーには、ひとつミステリアスなところがある。カレー粉のスパイスがはっきりしないのだ。油で固めていない、さらさらの粉だということはわかるけれど、特に、どこのメーカーのものともどんなスパイスをどれくらい配合するとも書かれていないから、お母さんの正確な味がわからない。

一度、柿本さんに尋ねたことがあるのだが、「由佳さん自体も、その時々でカレー粉を変えていたみたいだ」と言われてしまった。つまり、味付けに関してかなり明確に指示のあるレシピが多い中で、カレーにだけは少し揺らぎがある。

「どうしてなんだろう？」

呟いたのを丸山さんに聞き咎められ、疑問を話すと「なるほど」と面白そうに顎をさすったあとに答えてくれた。

「確かに、言われてみればその通りですね。由佳さん自身が気まぐれにスパイスをブレンドしていたとしても、何か基本の配合を指示することだってできたわけですし」

そんなわけで、今日のカレー粉は、クミンシード、パウダーのクミンやコリアンダーやチリ、それにローリエとクローブを使用することになった。これらは金子さんが好んで使う組み合わせで、あらかじめミックスして冷凍保存してあるものを拝借することにした。煮込む時にはさらにガラムマサラを投入して味に深みを出していく。

まずは鍋にサラダ油を熱し、クミンシードを投入して香りがたつのを待つ。やがて、中東のどこかの市場に漂うようなオリエンタルな香りがたったら、玉ねぎを投入する。

ただし、ここのレシピでは、ほどほど飴色になったらそれでよしとしている。あくまで時間をかけすぎずに美味しく、をモットーとしているのは、カレーも同じだ。ニンニク、こしょうを加え、さらにトマト缶を投入してペースト状になるまで炒め、次にパウダーのスパイス類を足していくと、いよいよ自作のカレールーが出来上がっていく。この過程が「少し魔女っぽくて楽しいよね」と奈央さんが言ったのを思い出す。あの時は確か「カエルの足でも入れやがったのか」と柿本さんが青ざめるほど不思議な味になったのを思い出し、くっくと肩をふるわせて思い出し笑いをしてしまった。

「楓さん、どうかしましたか？　僕、何か変なことやっちゃってます？」

「あ、ううん。全然。それどころか、すごく料理に手慣れたなって感じだよ」

私は瑛太君が堂々と厨房でふるまう姿を頼もしく感じながら、鶏肉の下準備を手伝っている。ヨーグルトにニンニク、生姜、オリーブオイルを加えたベースに、フォークで穴を開けた鶏肉を浸けてよく揉み込み、今瑛太君が仕上げているペーストに加えるのだ。ヨーグルトはコクが出るうえにチキンを柔らかくしてくれて、しかも美肌にもいいという素晴らしい食材だ。

「楓さん、お願いします」

瑛太君に促され、出来上がったペーストの上にチキンをそっと投入し、両者が鍋の中で香ばしい匂いを広げながら絡み合っていく様を見つめた。

「もうこれだけで食べたいくらい美味しそう」

「ほんとですね」ごくり、と瑛太君が喉仏を上下させる。

「はいはいはい、お疲れさん。あとは俺が手伝うからさ、楓は副菜だろう？」

純也が突然、厨房に入ってきて、鍋にじゃがいも、人参を一気に入れて同じようにペーストを絡め、水を投入した。

「そりゃ、面白くねえよなあ。楓ちゃんが誰かさんのほうばっか見てちゃ」

けへへ、と金子さんが笑った声に、純也が「俺は別に」と口を尖らせる。私はさらりと無視した。

泡が立ちはじめた鍋に、瑛太君がさらにガラムマサラを加えた。あとはぐつぐつと煮込めば完成だ。

この頃になると、部屋の中はすっかりスパイシーな香りで満たされ、皆、カレーのことしか考えられなくなっている。

〝底や縁でスパイス類が焦げ付かないようにしっかりとへらで混ぜてね〟

ノートにはそんな風に記してあったけれど、今、瑛太君が確かめることはできない。声に出して告げると、慌てて鍋をかき混ぜている姿が微笑ましかった。

煮込み時間もすみっこごはんは短め。お肉や野菜の旨味がしっかりと取れ、しかも野菜に歯ごたえが残っているあたりで火を止める。歯ごたえ重視は、お母さんのカレーに対するこだわりだったようだ。

「楓ちゃん、副菜は何をつくるつもりなの」

「ええと、アスパラの昆布締めと千切り大根の梅サラダ、それと白和えでもつくろうかと」

「三品つくるならそろそろ動かないとダメですね」

丸山さんのダメ出しに「はい」と返事をして、厨房の向こうに居並ぶ常連さん達の視線を意識しながら立ち働いた。

皆、普段なら大テーブルに集まって雑談に興じているのに、いつになく距離が近い。寂しさと嬉しさがミックスした不思議な気分を、私と同じように胸の中で持て余しているのかもしれない。

それでも、こうして集まれるから。立ち上り始めたカレーの匂いがこんなに香ばしいから。私達は、明日からも自分と付き合っていけるのだ。

最初は意識していた皆の視線も忘れて段取りにだけ集中していると、今日味わった別れの悲しみも寂しさも、再会の喜びも嬉しさも消え去って、ただ料理をつくって誰かに食べてもらえる、今の幸せだけが胸の中をじんわりと温めてくれる。

「完成、だと思います」

塩こしょうで全体の味を調え終えた瑛太君が、少し頼りない声を発した時、お味噌汁と副菜もちょうど出来上がっていた。

ロボットのようなぎこちない動作で手を合わせた瑛太君が、「いただきます」とやや不安気な声をあげた。

テーブルの上には人数分のカレー皿が並び、その上ではさらさらのルーの海に、ごろりとしたじゃがいもや人参、それにチキンが頭を覗かせている。スパイスの香りを乗せた湯気は私達の食道を通り過ぎ、透明な手になって胃袋を摑んだ。

「いただきます！」皆もそれぞれに声を発し、まずは純也がスプーンに載りきらないほどの量をすくって、大口の中へとカレーを放り込む。他の面々も皆、似たようなもので、続々と食べはじめた。

あつあつのカレーを嚙んで飲み込むまでの数秒間、ほぼ無言の時が流れた。その間、瑛太君は気が気でなかったと思うけれど、私達のほうも声を発するどころではなかったのだ。

そのカレーは、あまりにも完璧だった。見た目も、香りも美味しそうだったけれど、実際に口の中に入れてみた日には、もうたまらなかった。なめらかな食感のじゃがいもや甘い人参の歯ごたえ、それにほろりと崩れるような鶏肉の旨味。スパイシーなルーがそれぞれの味わいを上手くまとめて、喉元を通り過ぎていく。じんとした心地よい辛さが、味蕾《みらい》の一つ一つを刺激する。

そんな幸せを味わっている間に、しゃべっている暇なんてない。それに、しゃべらなくても私達は、互いに心の中で頷きあい、確認しあっていた。このカレーは、私達にしか効かない魔法を持っているということを。

それは、瑛太君の帰還という魔法だ。瑛太君が帰ってきてくれたから。瑛太君がつくってくれたカレーだから、ごくスタンダードな美味しさのカレーは、世界でいちばんのカレーになって、今、胃袋の中へ収まっているのだ。

「あの、皆さん、まずかったら残してください。僕、近くのカレー屋で皆さんの分を買ってきますから」

不安に耐えきれなくなった瑛太君が、悲鳴のような声を上げた時、純也が早くも一皿をたいらげてしまった。

「そんな必要あると思うか⁉　みんなの顔を見てみろよ。まずいものを食べてる人間の顔じゃないって」

笑いながら純也が立ち上がり、お代わりをよそった。

「美味しいわよ。お店に出せる味よ」言うなり再び黙って食べ始めたのは田上さん。

「それは言いすぎですよ」そういう丸山さんもスプーンを動かす手が止まらない。

「まれにこういうホームランを出す素人がいるから参るよなあ」

金子さんに至っては、ほぼ最上級の褒め言葉を、ぼやきで表現していた。

「な、心配ないだろ？　それより、自分も食ったほうがいいぞ。この分だと、お代わりは早い者勝ちになりそうだし」

純也は、二皿目をほぼ半分たいらげたところだ。瑛太君はそれでもスプーンを持とうとしない。さすがに皆も、瑛太君の様子に、それぞれスプーンを置き始めた。

「どうしたの？　あ、つくってる間にお腹がいっぱいになっちゃった？」

「ああ、作り手によくあるよな。匂いだけで胃袋が満たされちまうパターン」

と金子さんが笑ったところで、瑛太君が激しく首を左右に振った。

「違うんです。僕、こんな中途半端な感じでここへ来ちゃって、楓さんとはさっき電車の中で話したけど、皆さんに謝りもせずに何もなかったような顔でカレーを食べるなんて、やっぱりできないです」

俯いたままの瑛太君に、純也が慌てたように声を掛ける。

「い、いや、誰もそんなこと気にしてねえって。それより、こんな美味いカレーを食べないまま、冷めさせるほうが罪だぞ？」

冗談めかした口調にも、瑛太君は顔を上げない。丸山さんが、こほんと咳払いをしたあとで言葉を継いだ。

「そうですね。皆、それはそれは心配していました。あんな風に突然いなくなって、私個人としても傷つきましたし」

「ちょっと丸山さん」

抗議した田上さんを丸山さんが目で制する。

「いえ、こういうことは腹にためないでお互いに言い合ったほうがいいんです。それに、彼は学生であると同時に社会人でもあります。今日のような意見の言い合いは、社会でもきっと役に立つと思いますけどね」

はっと瑛太君が顔を上げる。この人達は、どうして自分が働いていることや学生だということを知っているのだろうと、くっきりと頬に書いてあった。

「まあ、そうだなあ。弟子が挨拶もなしに消えるってのは、俺もこたえたしなあ。一言話してくれりゃ、もっと色々とできただろうにってさ」

金子さんが、腕組みをして告げたあと、再び丸山さんがつづける。

「そうですよ。私は役所の人間ですよ。相談さえしてくれたら、一人で苦労なんてさせませんでした。色々とやり様っていうのがあるんですよ、知られていないだけで」

「そうねえ。私だって、ちゃんと食べてるのかしらって毎晩そればっかり気になってたわよ。瑛太君がちゃんと働いて学校に通っているのをこの目で確かめるまではね。ね、丸山さん」

「それじゃもしかして二人は、僕が働いてる工場とか学校、見に来たんですか?」

丸山さんがにやりと口角の片端を上げる。

「二人ですって? ここにいる全員ですよ」

「え、皆さんも!?」今度は私が声を上げてしまった。

「あれ、楓ちゃんは知らなかったのか? 俺は柿本さんから聞いて、田上さんや丸山さんや、それに純也と行ったんだぜ。柿本さんと二人で抜けがけなんてずるいってみんなで話して、なあ?」

瑛太君は言葉もなく、手つかずのままのカレーを眺め、次に皆の顔を順番に見つめて、さっき電車の中で私にしたように、深く頭を下げた。

「ご心配をおかけして、本当にすみませんでした」

その姿が、一回りも二回りも大人に見えて、何度か瞬きをしてしまう。

「心配したどころじゃねえや。この馬鹿！」

金子さんが、鼻を啜る。

「本当ですよ。もう二度とこんなことは許しませんよ」

丸山さんは、席を立ち上がって瑛太君のそばへ行き、げんこつでこつんと頭を叩いた。もちろん、かなり軽くだけれど。

「ほんとにねえ。でも元気で良かったわよ。さ、食べなさい。カレー、本当に冷めちゃったらもったいないわよ」

「そうだ、食え食え。俺、三杯目もらうぞ」

「あ、私もお代わり」

これで一件落着だとほっとして立ち上がると、丸山さんに呼び止められた。

「その前に、楓ちゃんも言うことがあるでしょう」

「そうだな。人一倍、心を痛めてたからな」

金子さんも深刻な顔で頷く。

「でも、私はさっき、電車で話しましたし」

「どうせ、いい子のお手本みたいなことしか言わなかったんでしょう。ほら、ないんですか。こう、ムカついた、とか、今さらのこのこ何なの、とか」

「そんな、ムカつくなんて」

丸山さんに言われて改めて、自分の心の中を覗いてみる。

腹は立っているだろうか。恨みはあるだろうか。その痕跡みたいなものは、あった。だけど、もうかき消えてしまった後だ。

瑛太君が戻って来てくれたから。厨房に立ってこんなにも完璧なカレーをつくってくれたから。だから——。

「これでいいのだ！」

声を張り上げて宣言すると、「何だよそれ」と純也が呆れる。

「ま、そうね。これでいいのね。だけどね、楓ちゃんは、この中にいる誰よりも心配してたのよ。それは、瑛太君もわかってるわよね」

今や、瑛太君の目には、いつこぼれてもおかしくないほど涙が盛り上がっている。

「僕、ほんとに、すみませんでした」

「謝らないで。さっきも言ったけど、謝りたかったのは私のほうだし」

一悶着のあと、瑛太君はようやくカレーにありつき、同時にすごい形相で涙をこらえていた。

「すっげえ美味いです」

本当に、このカレーは、すっげえ美味い。こんな美味しいカレーを、もう一生のうちに食べられないかもしれないと不安になるほどだ。口の中に掻き込むようにして一緒にカレーを食べる日がまた来るよ。そんな風に、あの年の暮れ、すみっこごはんの入り口で別れた私達に教えてあげたいと心の底から思った。


皆でカレーを食べ終わったあと、すみっこごはん中の引き出しという引き出し、戸という戸を開けて、レシピノートを探してみた。二階の押し入れの隅々まで確認したにもかかわらず、どこにも見当たらない。

ノートは、忽然《こつぜん》と姿を消してしまったのだ。

「つかしいなあ。盗まれるようなものじゃないしなあ」

首を傾《かし》げる金子さんに、丸山さんが告げる。

「わかりませんよ。誰かにとってはものすごく価値のあるものかもしれません。たとえば、楓ちゃんにとっては、何ものにも代えがたいノートですし」

真顔でこちらを指差す丸山さんに「止めてくださいよ、私、知りませんってば」と慌てて抗議した。

「疑っていませんよ。ただ、盗まれた可能性もゼロではないという例です」

田上さんが、ぽんと手を打つ。

「もしかして、柿本さんじゃないかしら？　アメリカに一人で行くのは寂しくて、由佳さんの声が聞こえてきそうなあのノートを持ちだしたのよ」

「いやあ、けっこう無理ありますって、その推理。柿本さんが見かけによらずロマンチストなのは認めるけど」

ぷっと吹き出した純也に釣られ、言い出した田上さん本人も「それもそうね」と笑っている。

「大丈夫ですか、楓ちゃん」

丸山さんが近づいてきて、そっと尋ねた。

大丈夫、ではなかった。あのノートは私にとって、ほとんど記憶に残っていないお母さんの声そのものだ。あの過剰なほどの文字で埋められたノートは、話し言葉で書かれており、読むだけでお母さんの息遣いまで感じられる気がする、いわば遺品なのだ。

「大丈夫なわけないですよね。わかりました」

そう言うと、丸山さんが少し大きな声を出した。

「皆さん、可能性は低いと思いますが、奈央ちゃん達や柿本さんに連絡を取ってみて、ノートを持ち出していないか確認してみます。それでも見つからないようであれば、警察に盗難届けを出しましょう」

「う〜ん、そうっすね。これだけ探してもないとなると、そのほうがいいかも」

「ええ、忍び込もうと思えば簡単に忍び込めるつくりですし。盗まれた、と考えておいたほうがいい気がします」

純也とジェップさんが賛成した。

「そうだな。なんたって、あのノートはすみっこごはんの魂だし、被害届は早いにこしたことはないしな」

「そうねえ」

金子さんと田上さんも、心配そうな顔で頷いている。

「それじゃ、ノートの件はそういうことで。それとは別件で、できれば近々、皆で集まれる日が欲しいんです。柿本さんがいなくなったあとの、ここの代表を誰にするかという相談もありますし」

「あ、そうだよなあ。それは俺も思ってた。今は柿本さんのままなんだよな」

それは私も気になっていたことだった。柿本さんが渡米した今、もう事務作業を行うことはできない。このままでは妹である前川さんにご迷惑をかけることになってしまうから、次の代表を誰にするかというのは、早急に決めなければならない問題だった。

「早いほうがいいと思うので、できれば来週の土曜日はどうです？　週末なら、瑛太君も来られますよね」

「あ、はい。大丈夫です」

「誰か都合の悪い人はいますか？」

皆、首を横に振り、次の土曜日にはここにいる全員が再集合することになった。

帰り際、皆がそれぞれ一声ずつかけてくれた。

「レシピノート、きっと見つかるわよ。案外、奈央ちゃんが借りに来て、みんなに言うのを忘れてるだけかもしれないし」

「そうそう。ぽっと思いもよらない場所から出てくるもんだしな」

金子さんが、明るい声で請け合う。

「僕も、また探すの手伝います」

真摯な眼差しを向けてくれたジェップ君にも、うまく笑えないまま頷きだけを返す。

あまりにもこの場所に在ることが当たり前だったから、ショックを受けているというよりも、何が起きたのか理解していないというほうが近い。

それでも、純也と並んで歩く帰り道、もう出てこないのではないかという漠然とした予感がじわじわと胸の内を侵蝕《しんしょく》してきた。

「絶対見つけような！」

突然、純也が拳を空に突き上げた。

「へ⁉」

「レシピノート」

空に上がっていたはずの手が、いつの間にか私の右手を包み込む。

不吉な予感はほんの少し薄らいだけれど、消え去ることはなかった。

＊

始業したばかりだというのに、もう梅雨が始まってしまった。

夏休み前の模試が行われ、結果が出るのは一週間後。純也がうちの居間に上がり込んで、雨雲のかかったような表情をしているのは、多分そのせいだ。

「どうした純也。辛気くさい顔で人の家に居座るな」

おじいちゃんが、私の気持ちを代弁してくれる。

「だって高校三年なんて、辛いことしかないんだもんなあ。今日も朝からずっとテストだったし、土日は塾に行って朝から晩までデッサンだし」

純也は都内の美大をいくつか受けることに決めていて、そこで工業デザインの勉強をするそうだ。いずれは家具職人の道を歩むにしても、その前にいろいろなデザインに触れたほうがいいというおじいちゃんの忠告に従ったのだ。

「デッサン、みんな鬼みたいに巧《うま》いし。まあでも俺、昔から運だけはとびきりいいから、多分大丈夫だとは思うんだけど」

勝手に落ち込んだあと勝手に立ち直ると、純也はテーブルに並んだ黒ムツの塩焼きを「うめえ、さすが高級魚！」と言いながら、白いごはんと一緒にかき込み始めた。

「あれ、じいちゃん、食わねえの？」

「ん？　ああ、何だかまだ腹が空かなくてな。おまえ、食うか？」

おじいちゃんがあっさりと好物の黒ムツを譲りそうになって、急いで止める。

「ダメ！　全然食べないのはなしでしょう？　なんか最近、食が細すぎじゃない？」

「そうか。それもそうだな」

言いながらも、おじちゃんはまだ箸をつけようとしない。

「あ、さては、また甘い物を食べたんでしょう」

ばつの悪そうな顔をして、おじいちゃんが白状した。

「ちょっとな。昼間にまんじゅう食っちまってなあ。ムツはあとで食べるからラップしておくよ。ちょっと休んでくる」

「え、もしかして具合でも悪いの？」

「ん、まあ風邪の引きはじめみたいだ。心配するな。寝れば治る」

「明日、定期受診の日だよね？　私も行くから、食欲のこと、先生に相談してみようよ」

おじいちゃんは、力弱く首を振った。

「受験生がわざわざ来なくていい。じいちゃん一人で行ってくるから。それじゃあ純也、皿洗いでもしてゆっくりしていけよ」

お決まりのとっておきのジョークを置き土産に、おじいちゃんは寝室へと下がっていった。負担が少ない内視鏡方式だったとはいえ、手術をしたばかりだ。おじいちゃんの体はまだまだ疲れているのかもしれない。

「心配だな、なんかじいちゃん、甘いもんばっか食ってる割に、ちょっと痩せてねえ？」

「そう思う？　やっぱり明日、私も一緒に病院に行こうかな」

「そうだな。そもそも、あんなに甘いもん欲しがる人じゃなかったし。体、疲れてるのかもしれないし。俺も行こうか？」

「ううん、大丈夫。純也は一にデッサン、二に英語でしょ」

うへえ、と顔をしかめて純也が帰ったあと、なんとなく心配になっておじいちゃんの寝室を覗いた。

規則正しい寝息をたてているけれど、布団から出ている肩があんなに骨張っていただろうか。お風呂にも入らずに寝てしまった横顔は、廊下の明かりの届かない場所に暗く沈んでいる。

二階に上がって受験勉強をしたあと、脳が疲れたのかすぐに眠ってしまい、明け方、はっと目が覚めた。胸をぐいぐいと誰かに圧迫されるような嫌な夢を見ていたことは何となくわかったけれど、内容はもう霧消してしまっている。

それから再びうとうととして、うなされていることに自分で気がつき、意識が戻りかけたのと同時に、バタン、ガチャリ、という微かな音で今度ははっきりと目が覚めた。

嫌な感覚をもったりと胸に残したまま、ベッドから上半身を起こす。

今さっき聞いたガチャリという音は、玄関鍵の回った音ではないだろうか。

「おじいちゃん!?」

慌てて階下へ駆け降りたけれど、やはり、おじいちゃんは病院に出かけてしまった後だった。

台所には、昨日の黒ムツがラップをかけられ、手つかずのまま残されていた。

＊

土曜日、すみっこごはんに赴くと、すでに丸山さんと田上さんが来ていた。

おじいちゃんの食欲が気になってすみっこごはんには顔を出していなかったから、私がこの場所に来るのは、一週間ぶりのことだ。入ってすぐに、厨房内のフックに目を遣ったけれど、そこに在るはずのレシピノートは失われたままだった。

「おう、楓ちゃん、珍しく間が空いたな」

「はい。ちょっとおじいちゃんが心配で」

「なんだ、沢渡さん、また体調を崩してるのか」

「いえ、病院の定期診断に行ってからは元気になったんですけど」

食欲も戻ったし、心なしか肌つやまで良くなった気がする。お医者様にも術後の予後は花丸だと太鼓判を押されて帰ってきたらしい。それでも心配になるのは、やはりおじいちゃんがもう七十歳に近づいているからだ。

田上さんが、副菜のタッパーを運びながら頷く。

「そう。まあ、元気そうに見えても家族は心配しちゃうものよね」

「調子が戻ったなら、またここに来てもらえばいいじゃないですか」

丸山さんは、テーブルを布巾で丁寧に拭いている。

「ちわあっす」純也と金子さん、それに瑛太君が三人ぞろぞろと現れた。ここへ来る途中でいっしょになったらしい。

「さて、全員そろったわね。それじゃ、まずはくじ引きをしましょうか。それとも先に、NPOのことを話し合う？　ノートの行方のこともあるし」

田上さんの問いかけに、丸山さんは少し迷うような仕草をしたあとで、「いえ、まずは食べましょう」と腕まくりをした。

さっそく差し出されたくじ引き棒を前に、皆、緊張をみなぎらせる。

食べ物が出来上がるまでのんびりとおしゃべりを楽しむか、それとも厨房で忙しく立ち働く羽目に陥るのか。何度経験しても慣れることのない決定的瞬間だ。まあ、くじが当たってしまえば、なんだかんだで料理そのものを楽しんでしまうのだけれど。

純也、金子さんと引いて、瑛太君がつづく。瑛太君はこの間、復帰初で当たりを引いたせいか慎重に選んだけれど、無事にハズレくじを引いてガッツポーズをしてみせた。

ずいぶんと打ち解けた姿が何だか嬉しい。

「じゃあ、次は私が」

丸山さんがさほど選びもせずに一本引くと、その先には、しっかりと赤い印があった。

「おや、久しぶりに当たってしまいましたね」

むしろ満足げに呟くと、あらかじめ決めていたかのようにつづけて宣言する。

「今日も、カレーにします」

皆の意外そうな視線を受けて、少し補足した。

「レシピも手が覚えていますし、ちょっと試してみたいスパイスブレンドもありますし」

その言葉だけで、早くも口の中に唾が溢れ出したのは私だけではなかったと思う。

「いただきます」丸山さんの挨拶につづき、皆、我先にとつづいて、ルーと白米をスプーンで掬《すく》い上げた。

この間と同じレシピでつくられているのに、色はこの間より明るい黄色で柑橘系のフルーツの香りも微かに感じられ、梅雨の時期には嬉しい爽やかさがある。

「うわあ、これ、専門店の味っすよ」

もう半分食べ終えている純也につづいて、田上さんが頬を上気させて褒める。

「辛味の奥にある旨味が深いわねえ」

無言の瑛太君も金子さんも、目を閉じたり、うっとりと嚙みしめたり。

丸山さんのすみっこごはんカレーは、薬膳カレーとでも呼びたくなるような滋味深さがあった。実際、果実の種のようなものがごろりと入っていたり、つぶつぶとした食感もあり、全体としてはほとんど粉っぽささえ感じるほどスパイスの主張が強い。それでいて、ごろりとした歯ごたえの残る食材をきっちりと纏《まと》め上げているところが、やはりすみっこごはんのカレーなのだった。

「完成度高えなあ」

金子さんが唸ると、「当然です。カレーに関してはうるさいですよ」としれっと答える。

ただし、丸山さんが一家言あるのはカレーだけではないのだけれど。

「カルダモンにスターアニス、あとはシナモンも入れたよな？」

金子さんが鋭い目つきで丸山さんに尋ねた。

「ええ、最初の香り出しにね。パウダーのスパイスは、金子さんのブレンドに、フェンネルを足したくらいなんですがね、実は」

「ちょっと待て。あとは、おそらくマーマレードだな？」

丸山さんはにやりと笑ったあと、ちっちっちと芝居がかった仕草で人差し指を振った。

「金柑《きんかん》ですよ。ミキサーをかける音が聞こえたでしょう？」

「あ、金柑か。今の時期、美味いもんな。それでこの風味か。いや、参った！」

「カレーって奥深いんですね」

二人のやりとりを聞いていた瑛太君が、しみじみと呟きながら、二杯目を片付けるという芸当をこなしている。私もカレーをじっくりと味わい、汗を拭い、田上さんの持ち込んでくれた安定のマカロニサラダやとろとろの焼きナス、人参やキュウリの浅漬けで口直しをし、再びカレーを口に放り込むという至福の繰り返しに没頭した。

「この間、カレーのレシピだけは、どうしてこんなに緩いんだろうと言ってましたよね、楓ちゃん」

丸山さんが、お皿を空にしたあと尋ねてきた。

「あ、はい。今日だって、丸山さんのスパイス配合で、この間とはほとんど別のカレーになりましたし」

もちろん、具材がごろごろとしているという共通点はあるけれど、肝であるスパイスの配合が違うのだから、味わいとしては完全に別物だ。

「思うに、ここには由佳さんが仕掛けた、ちょっとしたメッセージが隠れているんじゃないでしょうか」

「メッセージ⁉」

皆が驚く中、丸山さんだけは涼しい顔をして頷いている。

「全部が全部、きっちり作り込まれていたら、変化の余地がないでしょう。もちろん、由佳さんの母の味を楓ちゃんに伝える、という意味では正しいことなのかもしれませんが、由佳さん自体、カレーはその日の気分でつくっていたんですよね？」

「はい。柿本さんはそう言ってました」

「だったら、この揺らぎというか、気まぐれな味そのものが、引き継がれるべきすみっこごはんのカレーということになりませんか？」

「なるほどなあ。でも、なぜそれがちょっとしたメッセージってことになるんだ？」

金子さんが腕組みをして尋ねる。田上さんも首を傾げた。

「カレーって、ただでさえ家庭ごとの味がある料理だしねえ。わざわざ、そこにメッセージを込めるってどうして？」

私は私で、お母さんのことなのに、全く想像がつかなかった。

「ふふん、皆さん、まだ読みが甘いですね」

丸山さんがいたずらっぽい表情になった。

「それじゃ丸山さんの読みって何なんすか？」

純也が尋ねたけれど、「それはまた後でお話しします」ともったいぶった表情で返すばかり。話題は、今ごろアメリカで変わらぬ柿本節を響かせているに違いない柿本さんのことや、奈央さんと一斗さんのお惣菜カフェのことに移り、笑ったり懐かしがっているうちに、多めにつくったというカレールーも白米もすっかりなくなってしまった。

皆が満腹になり、お皿を洗い終わった頃、外には予報通りの雨が大きな音をたてて降り出している。

「あら、小雨だって言ってたのに、意外と大降りね」

様子を見に出た田上さんが、ハンカチで腕の先を拭きながら戻ってきた。

「いや、雨雲の動きを見ると、すぐに抜けるみたいですよ」

スマートフォンでチェックしてくれたのは瑛太君だ。

いつもなら、こんな風にまったりと話しながら最後にお茶でも飲んで解散なのだけれど、今日は今後のすみっこごはんの運営体制についての話し合いが行われる。

雨の音を聞きながら、湯飲みを両手で覆った。カレーで少し汗ばんだせいか、今は少し肌寒いけれど、皆の声と湯飲みから伝わる熱で手先がじんわりと温まっていく。

「さ、丸山さん、そろそろはじめましょうか」

「丸山さん？　どうした？」

田上さんや金子さんの声がようやく届いたのか、厨房に佇《たたず》んでぼんやりとしていた丸山さんが、「すみません、今行きます」とこちらへ合流した。

「さて、と。それじゃ、今後のすみっこごはんの代表者について相談しましょう。前川さんにお尋ねしたところ、主な業務は会計事務、それに今回のように代表者が変わる時などに登記上の変更手続き作業などがあるそうです」

「そんなに複雑な活動をしているわけじゃないし、収支も少額でしょうから、大変、というわけじゃなさそうね」

「まあな。で、代表ねえ。この場所が生まれた経緯からすると楓ちゃんなのかもしれないけど、まだ当分学生だしな。俺か、丸山さんか、田上さんの誰かでいいんじゃねえか？」

「それじゃどうせだから、料理当番を決める時のようにくじ引きで決める？」

大人達の間で話が進んでいくのを、気がつくと止めていた。

「待ってください。皆さん、忙しいですよね？　いいんでしょうか？　金子さんが言ったみたいに、ここの経緯を考えるとやはり私が」

言いかけたところで、大人三人の鋭い視線が一斉にこちらを射た。田上さんが、有無を言わさぬ調子で口にする。

「楓ちゃんは、受験に集中すること」

「はい」今の場合、おとなしく頷くしか選択肢はなさそうだ。

「まあ、俺達は、決まった代表のサポートをするってことでいいんじゃねえの？　掃除とか含めたここのメンテナンスとか」

「あ、それなら俺も参加できます」

瑛太君が同意してくれたのが嬉しい。

「そうね。でも、あなた達はお掃除を手伝ってくれたら十分よ」

田上さんが満足気に頷いたところで、丸山さんがこほんと咳払いをした。

「代表の件ですが、できれば、私以外の二人にお願いしたいんですよ。今日はそのための相談に集まってもらったんです」

「あら、そうなの!? もちろんそれは構わないけど、何か事情がありそうね」

「丸山さんって、こういうことなら進んで手を挙げるかと思ってた」

田上さんの声に、純也も意外そうな顔で同意した。金子さんはにわかに腕組みをして、丸山さんをじっと見つめている。

私も、そろそろと丸山さんの顔に視線を移す。少し背中に力が入った。

いつも飄々《ひょうひょう》とした様子の丸山さんが、気がつけばこんなに深刻そうな顔をしている。よくよく考えれば、わざわざ週末を指定してまで皆を呼び出すのも異例のことだ。

嫌な予感が靄《もや》のように胸を覆った。

この後につづく丸山さんの声を聞かないほうがいい、聞きたくない。

頭の片隅で抗う声がするのに、体は椅子にぴったりと吸い付いて離れない。

私の胸の内などもちろん丸山さんに伝わるはずもなく、いつもの淡々とした声が室内に響いた。

「私がこの六月いっぱいで定年になるという話はもうお伝えしてありますよね。これを機に、八王子のほうで大学の先輩が運営しているNPO法人を手伝わないかと誘われまして。試しに見学に行ったらこの場所に似た活動もしていましてね。これも何かのご縁だと感じて、第二の人生を、八王子での活動に捧げてみることにしたんですよ」

しん、と部屋が静まり返り、狭い路地に入り込んだ強風がガタガタを戸を揺らす。

「まあ、まあまあまあ。私ったら、丸山さんが何か悩んでいるなとは思っていたけれど、そういうことだったのねえ」

田上さんが大きく息を吐き出した。

頭が痺れてしまって、何も考えられない。それに、田上さんと違って、丸山さんが何かに悩んでいる様子など、欠片ほども気がつかなかった。おじいちゃんや柿本さんにつづいて、丸山さんの変化にも気づけなかった自分に、いい加減、腹が立ってくる。

私に、出汁の取り方を教えてくれた師匠なのに。

じーんとした刺激の向こうに、丸山さんもここから去っていくのだという事実だけが、動かしがたい現実として居座っていた。

「それで、一体、どんな活動をしているNPO法人なんだ？」

金子さんが、複雑な表情のまま尋ねた。

「子供食堂ですよ。今、話題の」

「それじゃ、丸山さんは子供達のために八王子へ？」

尋ねた私に、丸山さんは迷いのないまっすぐな目で頷く。

「ええ。できれば、あちらでもレシピノートをつくれたらと思っているんです。子供達も、ああいったノートがあれば、自分で料理を覚えられますし。それも、母親から教わるみたいにしてね」

食べさせてもらえなかったり、孤食に悩んでいる子供達を受け入れるだけではなく、買い物の仕方を教えたり、そのことで地域の商店街に顔見知りをつくっておいたり、可能な限り自宅で調理をできるよう導く。丸山さんの決意の内容を聞いて、ようやく頭の痺れが溶けはじめた。

「そういう活動で救われる子、ものすごく沢山いると思います。僕だって料理の仕方を知ってたら――いつも弁当買わなくてもよかったし、もっと節約できたし。それに自分で何かできるってことが、その子にとっては、普通に家で食える子以上に――救いになると思う」

瑛太君は時々つっかえながらも力説してくれた。

自分の手で何か小さなことでも変えられる。そのことが、親や家庭環境という子供にはどうしようもできない現実の中で、光になるのだという。

丸山さんが聞かせてくれたのは、素晴らしいアイデアなのだろう。現に、子供食堂を必要とする当事者であった瑛太君が絶賛している。

すみっこごはんのレシピノートがアイデアのヒントになったという事実だって、本来ならとても喜ばしいことのはずなのに、胸に湧き上がるのは拒絶感だけだった。

嫌だ。丸山さんまで、この場所から消えるなんて。師匠なのに。恩人なのに。大切な存在なのに。

奈央さんや一斗さんが去り、柿本さんまでつづいてしまい、ノートが消えたこのタイミングで、丸山さんまでいなくなるなど、見えない悪意の存在さえ感じられる。

地団駄を踏んでわがままを言ってしまおうか。行かないでほしい。行ってはいやだ。そんな風に泣いて説得したら、丸山さんは考え直してくれる自信があった。

丸山さんは、困っている娘に弱いのだ。

すみっこごはんに残って、代表を継げばいいじゃないですか。退職するなら、タイミングだってぴったりだし、子供食堂をやりたいなら、この場所でやってくれたらいいじゃないですか。そうかき口説いたら、丸山さんは断れないに決まっている。

本当は、一斗さんや奈央さんの時も、柿本さんの時も、泣きわめいて、大声で止めたかった。誰にも行って欲しくなんてなかった。

だけど、笑って送り出した。そうするしかなかった。それじゃあ、今は？

丸山さんが、いつもの飄々とした態度に戻っているけれど、私も、ここにいる皆も、つづけざまに訪れるお別れに、やや倦《う》んできたことが痛いほどわかる。

それでも、子供達のために手を差し伸べようとしている丸山さんを止められるわけがない。泣いて引き留めるのなんてもってのほかだ。

「俺達も、その食堂に遊びに行っていいんだよな、丸山さん」

純也が、しんみりとした空気を吹き飛ばすような明るい声を出した。

「もちろんです。勉強を教えてくれる上級生はいつだって大歓迎ですよ」

少し意地悪な笑みを返す丸山さんの顔を、きちんと焼き付けておこう。

「うわあ、丸山さんおっかねー」

「それよりこいつが行ったら、子供食堂の食事が何人前も食い荒らされるぞ。出入り禁止にしたほうがいいだろう」

金子さんの冗談も敢えてだ。

皆、葛藤している。そう思うと、ほんの少し慰められる。

「それじゃ、金子さんはお仕事しているんだし、私が代表に立候補してもいいかしら。家計簿をつけたことくらいしかないけれど、前川さんに引き継ぎをお願いすれば何とかできると思うのよね」

「そりゃ、立候補するっていうならいいけど、大丈夫なのか？　俺もいずれは自分の店を出すつもりだから、経理の勉強になるし、やぶさかじゃないんだけどな」

「それじゃ、メインでは私が経理をするけど、金子さんにも手伝いをお願いするってことでどう？　引き継ぎは私と金子さんの二人にしてもらって」

「うん、それなら、例えばどちらかが病気になって作業がしんどい時でも代わりをお願いできますし、いいんじゃないでしょうか」

丸山さんが安心したように微笑む。

これで、話し合いはお終い。あとは、丸山さんが去っていくだけ。

けれど、丸山さんの話はまだ終わっていなかった。最後に、丸山さんらしいとっておきの贈り物が残っていたのだ。

「さて、瑛太君。話は変わりますが、夜間高校を出たらどうするつもりでいますか？」

「え、どうするって。高卒の資格とって、あとは——働きますけど」

「なるほど。でも、ここで勉強をしている時の君の学習意欲と頭の回転の速さを見ていると、君の脳はもっと学問を欲しているように思えて仕方がなかったんです。どうです、大学へ行ってみませんか？」

これには思わず、さすが丸山さん！　と心の中で喝采を送った。おそらく、皆も同じような反応だったはずだけれど、テーブルの上は静かなままだ。なぜなら、当人の返事がまだだから。

瑛太君がゆるゆると顔を上げる。

「そりゃ、勉強つづけられるなら、つづけたいですけど。僕、高卒の資格もらえたら、今の職場で給料ちょっと上がるとか、それくらいしか考えてなくて」

「この世の中には、奨学金を使ったり、休み中にアルバイトをして大学に通っている子もいますし、夜間の大学というのも存在しています。大学に通ううちに他の仕事が視野に入るかもしれないし、もしかして自分で会社を起こすことを考えるかもしれない」

「何より、勉強を続けたいなら続けるべきだな」

金子さんのダメ押しに、皆といっしょに力強く頷いた。何か、この話題を持ち出した丸山さんに考えがあるように思えたのだ。

「ところで、八王子の子供食堂は、瑛太君の職場からかなり近いかもしれません。大体は近所から通ってくる子ばかりですが、よかったら、授業や仕事のない週末にでも、都合がつく限り、大学受験の準備をうちの子供食堂でしてみませんか。食堂では、食べるだけではなくて、大学生のボランティアが無料で勉強を見てくれます。下手な塾より希望の大学に入る子が多いみたいですよ。もちろん奨学金のアドバイスもしてくれますし」

瑛太君の瞳に、眩しいほど力強い光が漲《みなぎ》っていくのがわかった。もう以前のように、差し伸べられた手を受け取ることに、戸惑いも恐れもない。ためらいなく手を握り返す横顔は、逞しい挑戦者のそれだ。

「ありがとうございます。ぜったい通わせてください」

それでも、瑛太君の声は震えていた。

「今度は、ぜったいに手を離しませんからね」

丸山さんも、口元を引き締め、何かを堪えている。

これでよかったんだよね、お母さん。

永久予約席へと目をやったけれど、返事はない。表に出せない痛みを皆、胸の底に沈めて、家に帰ってお風呂に入り、眠って、また朝ごはんを食べ、次の日を生きていく。

私にも、多分、できる。できなくても、やり遂げなければ。

「そういえば、カレーレシピのちょっとしたメッセージって何なんですか？　そろそろ答えを教えてくださいよ」

純也が、話題をがらりと変えた。目がほんの少し赤いのは気のせいではないと思う。

「そのことですか」

丸山さんが、ふっと表情を和ませた。皆、つられるように身を乗り出している。

「あのカレーレシピには、由佳さんの特別なメッセージがこめられているように思うんですよ。舌に残る母の味というものは確かに大切にしたいものです。けれど、どんなものでも、永遠につづくということはありません。諸行無常の響きあり、というあれですよ。中学校の教科書にも載っていたでしょう？

だから、形を変えることを恐れずに、むしろ変化を楽しんで生きなさいという、由佳さんから楓さんへの、もっと言うと我々へのメッセージのように私には感じられたんです」

変化を楽しんで生きる？

楽しむには、最近の変化は激しすぎて、立っているだけで精一杯だ。軽く毒づきながらも私は、お母さんから受け取ったもう一つのメッセージを思い出していた。

そのメッセージは、真っ白なレシピノートだった。

長い間、開かずの間だった二階へ上がった時、一冊ぽつんと残されていたノートは、レシピノートと全く同じメーカーの一冊だったけれど、中身は白紙で、ただの一文字も記されていなかった。あのノートをめくった時も私は、お母さんが、自分達なりのすみっこごはんをつくっていきなさいと伝えたかったのではないかと、理屈ではなく思ったことがまざまざと甦《よみがえ》ってくる。

多分、丸山さんの読みは、正しい。これ以上ないくらいに。

お母さんは、柿本さんだけではなく、私も、他の誰をも、この場所に、ここのルールに縛り付けたくなかったのだ。

「なるほどなあ。俺は由佳さんのことを知らないけど、話を聞いてると、そういういたずらっぽいメッセージの込め方、しそうな女性だよな」

金子さんをはじめ、皆、丸山さんの推理に深く納得したようだった。けれど、そんなにすっきりと割り切れるほど、私は理性的な人間ではないらしい。皆につづいて頷こうとすると、首が強く抵抗した。

「さて、そろそろ、消えたレシピノートについてお話ししたいんですが」

「おう、奈央ちゃん達にも聞いてくれたんだよな。どうだった？」

金子さんが尋ねる。

「はい。奈央さん、一斗君とも、まったく心当たりがないそうです」

皆、声にこそ出さないが、落胆を感じているのは明らかだった。テーブル上の空気が、一気に重くなる。

「それじゃ、柿本さんは？」

身を乗り出した田上さんに向かって、丸山さんは口をへの字に引き下げた。

「まだ連絡が取れていないんです。メッセージを読んではいるらしいんですがね。ただ、柿本さんである可能性も薄いと思います。彼にはそんなことをする理由がない」

「そうだなあ。柿本さんは、レシピノート原理主義者だからな。ここのレシピを残していくことにあれだけ熱心だった人が、ノートを持ち去るなんてあり得ないだろうし」

「その通りです」

丸山さんは、皆を見回したあと、厳かに宣言した。

「私としては、レシピノートは何者かによって盗まれたと判断せざるを得ません。そこで、代表を引き受けてくれた田上さんとサポートの金子さんに、警察への被害届けをお願いしたいんです」

「そうだな。そのほうがいいだろうな」

金子さんが深刻な顔で腕組みをする。

心のどこかで、奈央さんか柿本さんが、うっかり戻し忘れたのではないかという楽観にしがみついていたのに、最も悲観的な予想が牙を剝いて襲いかかってきたようだった。

「困ったことになったわねえ。レシピノートがまさかこんなに長い間戻らないなんて」

「丸山さんの言う通り、警察に被害届けを出すってことでいいか、楓ちゃん？」

金子さんの問いかけに、それでもまだどこか現実感のないまま頷く。

丸山さんが、テキパキと話をつづけた。

「それじゃ、金子さん、通報の件、よろしくお願いします。柿本さんから返事があれば、皆さんにも共有しますから。それと現状、鍵はちょっと家の周りを探れば、誰でも取り出せるようになっていますから、少し考えたほうがいいかもしれません。だいぶ前から気にはなっていたんですが、ついついそのままになってしまって」

「鍵は、私の一番最初の仕事になりそうね」

田上さんの悲しげな声が、胸に迫ってきた。

「田上さんも、他の皆さんも、盗まれたと思いますか？」

改めて尋ねながらも、どうしても違和感が拭えない。

「だとしたら、誰が何のために、お母さんのレシピノートを盗んだんでしょう」

この間、丸山さんが冗談めかして、誰かにとっては価値のあるものだと私を指したけれど、私やここのメンバー以外に、あのノートに価値を見いだす人なんているのだろうか。

「俺もそれは気になった。俺達にとっては大事なノートだけど、泥棒にとって魅力のある品物かって言われると多分違うし」

「これはあくまで私の憶測ですが、すみっこごはんに恨みを持っている人間か、あるいは、ここにすみっこごはんがあることを邪魔だと思っている人間がいるとすれば、すみっこごはんの心臓でもあるレシピノートを盗むというのは十分、動機になり得ると思うんです。あるいは、もっと酷いことが起きても不思議ではなかった」

丸山さんが、バッグから静かに木札を差し出す。見ると表面には『警察官立寄所』と書かれていた。さらに、「これも気休め程度のものですが」と、監視カメラらしきものまでテーブルに載せている。

「警備保障会社と契約したりするのは予算的に厳しいでしょうが、監視カメラなら、何か映るかもしれませんし。私からのせめてもの置き土産です」

「すげえ、さすが丸山さん。警察官立寄所の札も、空き巣なんかには心理効果ありそうっすよね」

「ええ、そう願っていますよ」

丸山さんは、そう言って立ち上がった。

今日はこれから、八王子の例の新天地まで準備のために出かけるらしく、そう長く留まっていられないのだという。

すみっこごはんの玄関先に皆で立ち、両足を踏ん張るようにしてさよならを告げた。

「それじゃあまあ、また近々会いましょう」

淡々と、また明日とでもいうような口調で丸山さんは手を振ったけれど、おそらくその近々は、今までと違って、明日でも明後日でもなく、もっとずっと先のことになる。

金子さんも田上さんも黙って寂しさを飲み込み、丸山さんには笑顔だけを送った。

一人になった頃、ようやく思う存分萎れてそれぞれの家路についたはずだ。私や純也がそうであったように。

純也が傘を私のほうに傾けて歩きながら、そっと「大丈夫か」と尋ねてくる。

「うん、大丈夫。瑛太君のこと、丸山さんなら何の心配もなくお任せできるし。むしろハッピーエンドというか。ノートのことだって、警察が調べてくれたら心強いし」

我ながらよく舌が回った。強がりであることは、きっと伝わっているけれど。

長引かずに上がるはずだった雨はいよいよ勢いを増し、コンクリートの上にいくつもの輪を広げていた。

*

おじいちゃんが、相変わらずあまり食べない。

「術後はあまり食べるなと言われているしな」

そう言って、いつも夕食の半分ほどを残し、残り半分は、私が学校へ行っている間のお昼ごはんにしているらしい。その割に、甘い物は止めたがらないのだから困ったものだ。

「そんなんじゃ、お父さんのところに遊びに行けないよ？」

ハッパをかけても、おじいちゃんは困ったように頭をかくばかり。

お父さんの家へ、生まれたての弟のお祝いに伺う日は来週の土曜日なのに、もしかして天気によっては移動の体力がもたないのではないかと危ぶまれてくる。

おじいちゃんが心配なのと、人の減ったすみっこごはんへ赴くのが相変わらず億劫なのと、さらにレシピノートについての警察の態度が芳しくなかったのとで気が滅入ってしまい、家で夕食を食べる日がつづいている。

あのあと、警察に連絡して現場を見てもらったのだけれど、「本当にノート一冊だけ盗まれたってことですね」と、いかにも関心の薄い様子だった。

かえってあの場所のことのほうが気になったようで、一体どんな食堂なのかとしつこく尋ねられ、食堂ではなく共同台所なのだと金子さんが辛抱強く繰り返して伝えた。柿本さんだったら、フックをお見舞いするのを止めなければいけないところだったろう。

警察が頼みの綱だったのに、あの態度からして、真剣に捜査してくれることはなさそうだった。

柿本さんからも、忙しいのか未だに返事が来ないそうだ。

金子さんは、とても警察だけに任せてはおけないと、商店街に取り付けてある防犯カメラを商店会の会長にかけあって開示してもらうと請け合ってくれた。その他にも、すみっこごはんの周辺住戸の人達に聞き込みを行えば、なにしろ狭い路地だし、貴重な証言が得られるかもしれないと、田上さんと二人で張り切っていた。その姿は、訪れた警察官よりよほど頼もしく見えた。

金子さんも田上さんも、それにおそらく純也も頑張ってくれているのに、すみっこごはんを避けている私は最低だ。

鬱々と考えこんでいると、それまでＴＶのお天気ニュースを観ていたおじいちゃんが、唐突に、こちらへと視線を向けた。

「今日は、家じゃなくてすみっこごはんで夕食を食べてきなさい」

「え、だって」

「じいちゃんは平気だ。それに、おそらく残った皆さんはもっと頻繁に顔を出しているんじゃないのか？　楓だって、こんな時こそ行くべきだろう」

「うん、そうだよね」

食欲のないおじいちゃんにまで心配される自分が情けない。それでも、まだ気が進まなかった。

「いいから、行ってきなさい」

「──わかった」

ようやく頷く。気がつくと、私の食欲も、すっかり消え去っていた。

放課後、学校を出て、夕暮れの商店街をぶらぶらと歩いた。いつの間にか六月が終わろうとしている。今年が半分過ぎ去ったのだ。年初、すみっこごはんがこんな状況になるなんて、誰が想像していただろう。

さきほどまで降っていた雨は止み、夕日がにわかに顔を出して、地上を蒸し上げている。鬱陶しい空気を足で掻くようにして前へと進んだ。

「行ったほうがいいんだよね」

ほとんど路地を曲がる手前まで来ても、あまり気乗りがしなかった。

時々顔を出すお馴染みさんは少なくないけれど、常連と呼んでいいのは、私、純也、金子さんに田上さんだけ。最低人数は三人と決められているのに、金子さんは仕事でそう毎日は顔を出せないし、純也だって部活がまだある身だ。

おじいちゃんはああ言ったけど、今日、顔を出して誰もいなかったら？

そう思うと、足がますます重くなっていく。

汗で額に張り付いた髪の毛をなでつけながら、ようやく言葉で自覚した。

そうか、私は怖かったのだ。あの場所に一人で座る日を迎えることが。

どうにか自分をなだめてようやく細い路地を曲がり、久しぶりに引き戸を開けた。

「よお、お見限りだったじゃねえか」

「遅いぞ、楓。俺より早く学校出ただろ？」

金子さんと純也が、こちらを見て笑っているのを見て、ほうっと入り口にうずくまってしまった。

「何やってんだよ。変なやつ」

純也が近づいてきて、手をぐっと引っ張り上げてくれる。

「もしかして二人は、あれから毎日？」

「俺は仕事があるから、休みの日だけ。でも、田上さんと純也は毎日来てたみたいだぜ」

答えた金子さんが「田上さん、ちょっと遅れるのかな」と時計に目を遣る。

「純也、毎日来てたって、部活は？」

「まあ、ちょっと毅に相談してな。試合形式の練習だけはこの後出るけど、個人練習は別でさせてもらうってことで話をつけた。なのに、肝心の楓が来ねえんだもんな」

「そんな。言ってくれれば良かったのに」

軽く肩を竦めただけで、純也は私の文句を受け流した。

「もう五時半だけど、田上さん、今日はもしかして都合悪くなったのかな。くじ引き、もう始めようか」

純也がくじ引き棒を取りだそうと立ち上がったのと同時に、ガタガタと入り口の引き戸が開いた。少し潮くさい空気が、見慣れたシルエットとともに入ってくる。

「あ、来た来た」

陽気に笑いかけた純也の表情が、ゆっくりと真顔に変化していった。何事かと私も同じほうへ視線を向け、そして言葉を失った。

そこに立っているのは確かに田上さんだったけれど、髪は乱れ、泣き腫らしたのか目は真っ赤で、そしてどこか呆然としている。あまりに過酷な現実を受け入れきれない。そんな人間の顔だ。

「田上さん、どうしたんだよ。まあ入れって」

金子さんが入り口まで駆け寄り、田上さんの腕を引いて席へと座らせた。

「ごめんなさいね。どうしても冷静になれなくて」

田上さんは、目にハンカチを押し当てて肩を震わせている。お茶でも飲めば落ち着くだろうかとようやく気が回り、厨房へと早足で駆け込んだ。

四人分のお茶を淹れながら、一体何があったのだろうと想像したけれど、どの想像も明るいものにはならない。思いついた中で一番明るい可能性は、旦那さんと小さなケン力をしたというものだけれど、それくらいのことで肝の据わった田上さんがこれほど動じるとは考えづらかった。

皆にお茶を差し出す。四人で集うテーブルはただ寂しく、空気まで色味が一段くすんで見えた。

「ありがとうね、楓ちゃん。少し息がつけたわ」

「いいえ。あと、よかったらこれ」

ティッシュの箱を差し出すと、田上さんがちんと鼻をかんだ。赤味のある頬に鼻の頭まで赤くなって、いかにも好人物といった田上さんの善良さが強調される。

誰も、田上さんの話を急かさなかった。打ちひしがれた様子の田上さんを気遣ってのことだというのも本当だろうけれど、おそらく皆、内容を知ってしまうのが怖いのではないだろうか。少なくとも、私はそうだ。びくついているうちに、田上さんが一気に声を発してしまった。

「実はね、主人が福岡に転勤になったのよ」

「福岡⁉」純也と金子さんが同時に繰り返した。私は息ができずに、ただ田上さんの腫れた瞼を見ている。

「でも田上さんのとこの旦那さんって、ほとんど転勤のない職場だったはずじゃないのか？　しかもあと一年で定年だって言ってたじゃねえか」

私もそんな風に聞いた記憶がある。一体なぜそんなタイミングで、遠方への転勤辞令が出されたのだろう。

「転勤といえばまだ格好はつくけれど、体のいい退職勧告なのよ。誰だって、定年間近になって住み慣れた場所を離れるのは嫌でしょう。主人の会社ね、このところ業績があまりよくなくて。リストラにならないだけでもマシだって主人は言うけど、私は会社のやりようが悔しくて。あの人、あんなに会社のために尽くしてきたのに」

「で、どうするんだ？　退職するのか？」

田上さんは力なく首を横に振った。

「いえ、福岡へ行くそうよ。というより、私が強くそれを勧めたの」

ずしり、と重い塊が胸に沈み込んでいく。

ああ、そうなのか。心の中で、どこか諦めたような自分の声が響いた。

「もしかして田上さん、いっしょに行くんですか？」

田上さんが、泣き笑いのような表情になった。

「料理も掃除も、何でも一人でできる人だから、逆に一人で行かせたくなくて。私も一緒に行くって言ったの。でも、ここに来られなくなることが、あんまり辛くって心の整理がつかなくてね。ここの代表のことだって、任せてって言っていたのに申し訳ないし」

「いや、そんなことは俺がやればいいだけの話なんだけどな。なんて言うか、そうかあ。田上さんも行っちまうのかあ」

さすがの金子さんも、それ以上は言葉にならないようだった。

私はと言えば、完全に言葉を失っていた。最初に一斗さんと奈央さん、次に柿本さん、丸山さん。そしてついに、田上さんだ。

柿本さんから最初に話を聞かされた時のように、立って逃げ出したかった。けれど、二度もそれをやるほどの元気は残っていない。

田上さんに、どれほど助けてもらっただろう。どれほど包み込んでもらっただろう。誰にも言ったことはないけれど、一度、間違えて「お母さん」と呼びかけそうになったことがある。

田上さんは、言葉通り、すみっこごはんの母なのに。

衝撃が大きすぎてほぼ無感覚になってしまった心の中で、この事態に対する反抗心だけが辛うじて息をしている。追いすがったり、嘆いたりしない。絶対に笑って田上さんを見送る。ただの意地だ。けれど、意地だけで、私は今、冷静を装って座っている。

大きく息を吸い込み、百点満点の笑みをみせた。

「福岡、すごくいいところだって聞きました。転勤なんかで行くと、みんな戻って来たくなっちゃうって。だから、旦那さんと二人ですごく楽しめると思います。私も、受験が終わったら遊びに行っちゃおうかなあ」

「楓ちゃん――」

田上さんの眉尻が、徐々に元の位置へと上がっていく。

「そうね、そうよね。どうせ同じ時間を過ごすなら楽しんで来なくちゃ。楓ちゃんがすみっこごはんに帰ってくるために頑張って勉強している間、私も頑張って九州のお料理でも覚えて、またここで副菜を振る舞う日に備えることにする」

「そうですよ。その意気ですよ」

田上さんの頬が盛り上がる。この笑顔に、何度励まされたことか。だから、これで良かったのだ。落ち込んだ姿を見せて田上さんに心配の種を残したりしたら、自分が許せなくなるところだった。

「俺は正直かなり寂しいけど、田上さんはずっと行きっぱなしってわけじゃないもんな」

純也は、少し目をしばたたいていた。皆、寂しさが蓄積し、臨界点に達しようとしている。

出発するほうより、残されるほうが、きっと心の整理が難しいのだ。

同じ日常がつづくのに、その人は、その人達はもういない。毎日、間違い探しみたいに、同じ風景に存在する違和感に気がついてしまう。

これから、そういう日々に、耐えていく。

「行ってらっしゃい、ですね。私達、ここで待ってますから」

心とは裏腹に、再び、精一杯の笑みをつくる。沢山の贈り物をくれた田上さんに、私からのささやかなお返し。

それでも、洞察力の鋭い田上さんには、胸の中をものすごいスピードで食い荒らしていく空虚さが、透けてしまうだろうか。

「楓ちゃん、この辛ささえも人生の彩りなのかしらね。笑ってくれてありがとう。お互い、頑張ろうね」

やはり透けてしまっている。

お母さんという存在は、本当に何もかもお見通しなものらしい。

梅雨をもう一生好きになれないかもしれないと予感しながら、私はようやく短い返事をした。

はい。頑張ります。

それとも、今のは声にならなかったろうか。

もう、どちらなのか、わからなかった。

*

田上さんの出発はそれからすぐで、翌週の月曜日だった。ご主人の転勤自体は一ヶ月後らしいのだけれど、家を決めたりする関係で、田上さんが一足先に出発し、しばらくは福岡と東京を行ったり来たりすることになるという。

準備があまりに忙しいらしく、なかなかすみっこごはんにも顔を出せないまま旅立ちの日を迎え、ほんの数分、出発の直前に慌ただしく挨拶を交わしただけで去っていくことになってしまった。そのことを一番嘆いていたのは田上さん本人だったけれど、私は逆にほっとしていた。時間をたっぷりとったお別れ会だったら、逆に我慢がつづかなくて、取り乱してしまったかもしれないから。

「行っちまったなあ、田上さん」

「うん」そう言えば、純也が隣を歩いていたのだった。

お互いの傘の先がときどきぶつからなければ、思考の奥に潜って、存在を何度でも忘れてしまいそうになる。

すみっこごはんで田上さんと挨拶を交わしたあと、金子さんは仕事に向かい、私と純也はなんとなく家のほうへと向かって歩いている。

奈央さんや一斗さん、丸山さんは、急な出発に予定が合わず、来られなかった。

田上さんは寂しかったはずだけれど、仮に皆が集まっても、またすぐに解散になってしまう。その時のダメージを回復するのも骨が折れるから、集まれないほうが私にとってはこれも助かった。

ひどく自分勝手なことを考えているという自覚がありながら、その気持ちを反省する気分にはなれない。ただ、田上さんが最後に両手で私の手を包んでくれた時の弾力や、温もりだけがじんと手先に残っていて、心がいくらでも波打っていく。

「あれ、うちに来るの？」

別れるべき曲がり角を曲がらず、まだ隣を歩いている純也を見上げた。

「家まで送るよ、雨だし」

「そう？」ありがたくもなさそうな返事になってしまって申し訳ないと思いつつ、そのまま二人して黙って歩きつづけた。

ようやく家にたどりつくと、意識していなかった疲れがどっと押し寄せてきた。

「大丈夫か？　今、お茶でも淹れてくるわ」

純也が自分の家のように上がり込み、「あれ、じいちゃん、居間にいないな」と言いながら、ずかずかと台所へ歩みを進めていった。

本当に疲れている。もう、脳が現実を見つめる力を使い果たしてしまって、今すぐ睡眠を求めている。ほとんど瞼がおりかけていた時だった。

「おい、じいちゃん！　じいちゃん!?」

鋭い声が響いて、眠気が一気に霧散した。

「どうしたの⁉」

跳ねるようにして台所へ入ったけれど、純也はこちらを見ずに、私の求めた答えをスマートフォンに向かって告げていた。

「はい。呼吸も、意識もありますが、かなり苦しそうです。いえ、帰ってきたら倒れていたので。はい、はい、わかりました」

おじいちゃんは、シンクの下に丸まったような姿勢で倒れていた。苦しいのか顔が歪み、時々、絞り出すように唸っている。

「おじいちゃん⁉　どうしたの、どこが苦しいの」

「大丈夫、だ」

そんなわけはないのに、こんな時まで意地を張ろうとする。

「楓、じいちゃんのシャツのボタンを開けてやってくれ。俺は、かかりつけの病院に電話するから。診察券、居間の引き出しだよな」

「待て、純也。そんな必要は、ない」

言葉を句切りながら、力を振り絞って止めようとするおじいちゃんを思わず叱りつけた。

「そんなこと言ってる場合じゃないでしょう！」

シャツのボタンを外し、急いでおしぼりを絞って額の汗を拭う。おじいちゃんの脂汗なんて、人生で初めて見る。

「ねえ、お腹？　この間、手術したところ？」

おじいちゃんが首を振る。質問に対する否定ではなく、もう何も尋ねるなという意味であることが不思議と伝わった。

「お水いる？」

問いかけにようやく肯定の返事が返ってきて、純也に手伝ってもらい、おじいちゃんの上半身を起こした。

「じいちゃん、今、救急車が来るからな」

お水を手渡すと、おじいちゃんが、ようやっとという体で一口飲み下す。

胆石の発作は、相当苦しいものだという。すべて取り除いたはずなのに。もしかして残っていたのだろうか。

一秒が長い。おじいちゃんの苦しむ姿を、もう何時間も見つめている気がする。

どのくらい経ったのだろう。

ようやくサイレンの音が近づいてきた。おじいちゃんの薄い肩を必死で支えながら、呆然とする。

いつの間に、こんなに痩せていたんだろう。

手の平に伝わってくる感触はごつごつとした骨そのもので、おじいちゃんの体を蝕《むしば》んでいる何ものかの存在にぞっとした。

楓、また来てるのか？　まったく無理しなくていいのに。

少し痩せたんじゃないのか？　ちゃんと飯、食ってるか？　勉強してるか？　眠れているか？

悪いな。受験生なのに夜食の一つもつくってやれなくて。おまけに、病院なんて験の悪い場所にまいにち足を運ばせちまって。何しろ隣のやつは屋根から落ちて両足骨折だし、反対隣は階段から足を踏み外して滑ったらしい。向かいは転んで立てなくなったばあさん、はす向かいは躓《つまず》いて寝たきりのじいさんだ。

な？　落ちるだの滑るだの転ぶだの、受験生には聞くだけで支障がありそうな奴らばっかりなんだ。かといって、来なくていい、なんて言っても来ちまうだろうしなあ。

――なんてな。ここは外科病棟じゃない。じいちゃんの周りを取り囲んでベッドに伏せってるじいさんばあさんは、みんな簡単にここを出ていけるような連中じゃないんだ。

本当のことをおまえに言えなくて、ずっと寝たふりをしている。だけど、今日は、今日こそは言わなくちゃな（なんて昨日も思ったな）。今日がどうしても無理なら、遅くても明日には言わなくちゃな（なんて永遠に思ってそうでいけねえな）。

本当に、今日こそは言わなくちゃなあ。そうしなくちゃなあ。

三崎のおじさんには、この間、見舞いに来た時に一緒に先生の話を聞いてもらって、泣かせちまった。あの時、先生に頼み込んで、楓には何とか近々自分の口から言うからってことで黙ってもらうことにしたんだ。

少なくとも最初の告知は、どうしても自分の口から聞かせたかった。

なあ、楓には見えねえかな。このところ、ずっと楓のばあちゃんがいるんだ。気を利かせて、若い頃の姿にでもなってきてくれりゃいいものを、大分とうが立ってからの姿で、怖え顔でこっちを睨み付けてやがる。

なんでかって？

俺が、胆石だなんて馬鹿な嘘をついちまったからだよ。

だって、本当のことなんて、受験生の楓に言えるか？　少なくとも、楓が大学に受かってそこからあと二年ばかり頑張って、実はあの時な、なんて二十歳の誕生日にでも昔話をして笑ってやろうってそういう計画だったんだ。

医者から病名を聞いた時は、じいちゃん、少し気が動転しちまったけどな。それでも、むくむく闘志が湧いてきて、計画の成功を疑いもしてなかった。何が何でも生き抜いてやるって、おまえを由佳から預かった時以来の力強いエネルギーを体内に感じたほどだ。だけど人間、気力ではどうにもならねえことがあるらしい。頑張ろうとあがけばあがくほど、腕が細っていく。食えなくて焦る。

生きたいのに。ずっと、楓が大人になって、孫でも連れてくる姿を、家の玄関で迎えてやりたいのに。体がもう、どうにかなっちまったんだ。

なんでこんなになるまで、気がつかなかったんだろうなあ。区の健康診断、さぼっちまった。あれほど、楓に口うるさく言われてたのにな。なんの兆候もねえもんだから。疲れやすくなったり、花粉症がこの歳になって出たり、やけに甘いものが欲しくなったり。そういうのは全部、歳のせいだって思ってたんだ。

——だましだましやって、あと半年だそうだ。

悪いなあ、ほんとに済まねえなあ。

俺は、言えるんだろうか。こんな気の重いこと、あとにも先にも、これっきりにしてえなあ。

あ、またばあさんがおっかねえ目で睨んでやがる。

どっちにしても、これっきりでしょ、だとよ。

なあ、楓。この間、由佳もちょっと顔を出したんだ。あいつ、おまえのことは心配いらねえんだと。完全に信頼してるんだってさ。女親ってのは、どうしてそう、腹が据わってるんだろうなあ。

じいちゃんは、正直、心配でたまらねえ。悔しくて無念で、この間なんて夢に不老不死の薬が出てきたくらいだ。長生きなんてするもんじゃねえ、さっさとぽっくり行きてえなんて嘯《うそぶ》いてたくせにな。

悔しいなあ。悔しくて、悔しくて、仕方がねえ。それに、時々、脇腹が死ぬほど痛え。

梅雨、早く終わらねえかなあ。

台場に兄ちゃんとハゼでも釣りに行きてえなあ。

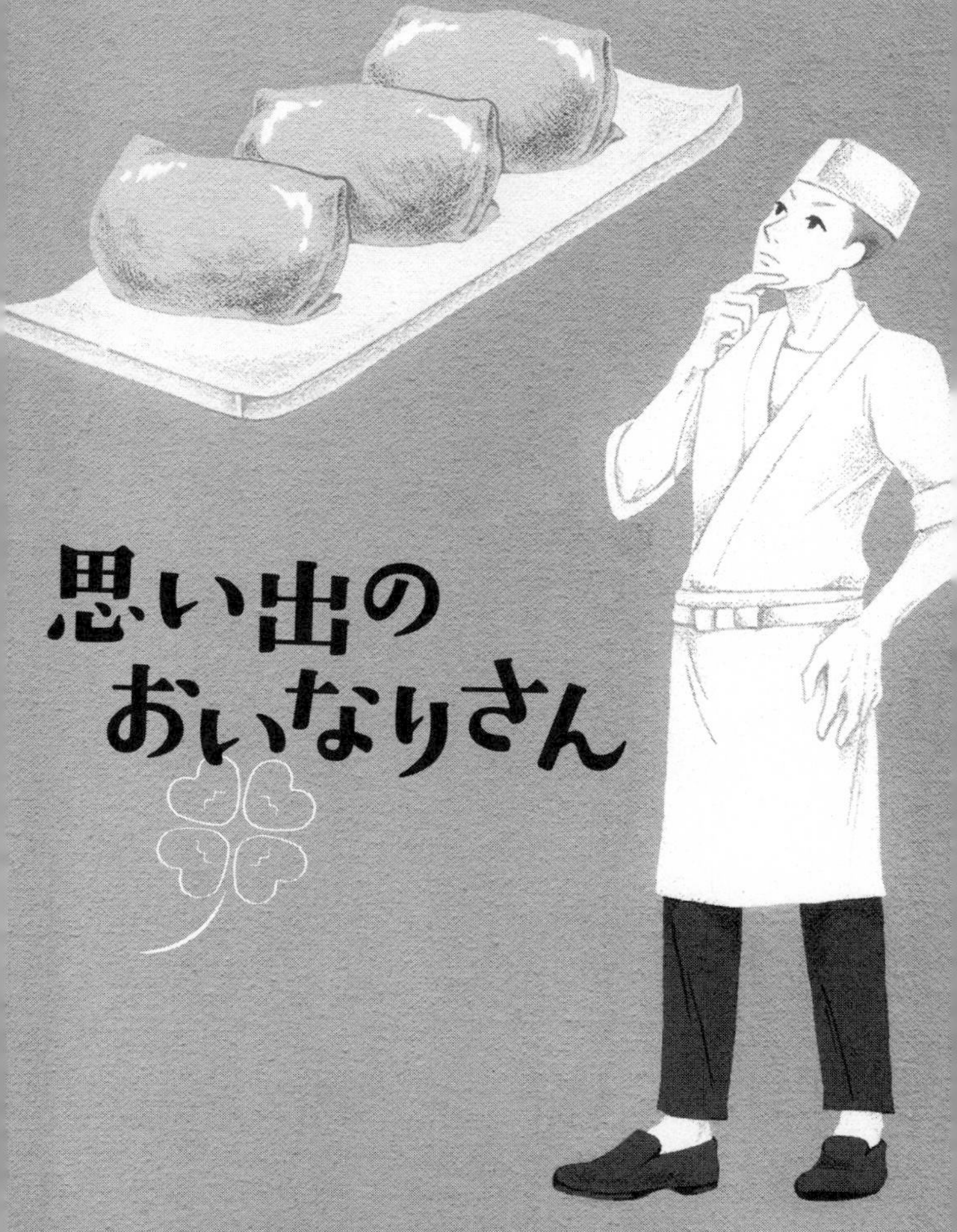
思い出の
おいなりさん

　ほとんど手つかずのままの朝食を見て、おじいちゃんが気まずそうに頭を掻く。

「悪いなあ。昨日、夜にちょっと甘いものを食べちまって、胃がもたれてるんだよ」

「嘘でしょ⁉　どうしてお医者さんに食べちゃダメって言われてるものを食べちゃうの？　子供なの？　ここは病院で、おじいちゃんは入院患者なんだよ？」

　二日前の夜、台所で倒れていたおじいちゃんは胆石の手術を受けたのと同じ病院へと、救急車で出戻ることとなり、救急処置のあと、そのまま即入院になった。

　死ぬほど心配したのに。救急センターの待合で、不吉な病名が頭の中でどんどん羅列されていったのに。そのせいで、まだ頭の中に完全に定着しきれていない英単語や数学の公式が追い出されてしまったのに。

　おじいちゃんの倒れた原因というのが、あまりにもお粗末だった。

「この歳でこってりした甘いケーキばかり食べたせいで、胃壁が荒れちまったらしい」

おじいちゃんがへらへらと笑った日には、軽い殺意が芽生えたとしても私を責める人はいないだろう。ただ、その診察は確かなんだろうか？

「ねえ、おじいちゃん、本当に胃壁が荒れてるだけだって？」

私は声を潜めた。

「もしかして、先生、何か見落としてるんじゃない？　どこか他の病院でも診てもらって、セカンド・オピニオンをもらったら？」

「そんな舌嚙みそうなもん、もらわなくて大丈夫だ。先生もきっちり診てくれてるから。第一、夜に甘いものを食べられる人間が、そんなに悪い状態のはず、ないだろう？」

悪びれないおじいちゃんをわざと怖い目で睨み付けると、「怖えなあ」と肩を竦めた。

ここで甘やかしてはダメだと、さらに目を尖らせる。

「わかった、わかったよ。まったく、ばあちゃんみたいな顔するな。ほんとに、遺伝てのはこうも正確なもんかね」

「私、そんなにおばあちゃんに怒り方が似てる？」

「ばあちゃんだけじゃねえ。由佳にも——お母さんにも瓜二つだ」

「そっか、そんなに似てるんだ」

思わず頬が緩んだけれど、もちろんそんなおべっかでは誤魔化されない。

「とにかく、おじいちゃんは胃が荒れているせいで、栄養がきちんと吸収できないんでしょ？　だったらちゃんと胃を休めなくちゃ。もう、引き出しに隠してあるおやつは全部回収したからね。先生がいいって言うまで、絶対に間食しちゃダメだよ」

先生の診察も、また勝手におじいちゃんが一人で聞いてしまったから、私はおじいちゃんの話を又聞きするだけ。だから、たまたま廊下ですれ違った看護師さんに「間食だけは注意してくださいね。先生からも注意されているはずなので」と念を押されるまで、お菓子が禁止されていることを知らなかった。というより、禁止で当然だから、敢えて注意されるほど間食していたことを知らなかった。

おじいちゃんの退院は、胃の荒れが改善してから先生の指示で決まる。とはいえこれは、甘い物を我慢できるかどうかにかかっているのだ。

まったく、人の気も知らないで。

病室を出て学校へ向かうまで、鼻息を荒くして歩いた。

寂しくなってしまったすみっこごはんには、受験勉強のせいもあって少し顔を出す回数が減っていたけれど、今日は行ってみようか。純也も行きたいと言っていたし、確か、金子さんもお店がお休みの日だ。

田上さんが去って、いよいよ寒々しくなってしまったすみっこごはんと向き合うのは辛いけれど、家に帰って、一人で淡々とカロリーを摂取するのはもっと嫌だった。


商店街を歩きながら、皆がいた頃のすみっこごはんに行くことを当たり前だと思っていた自分を、苦みとともに思い出した。

空はねずみ色。むしむしとまとわりつく湿気が、思考をさらに湿らせていく。それでも、すみっこごはんにたどり着くと、中から純也と金子さんのからりとした笑い声が響いて、気持ちが少しほぐれた。

「おう、楓ちゃん、待ってたぜ。今日こそ純也と二人で定員割れかと思って焦ったわ」

「俺達、二人して今週は皆勤賞なんだけど、楓は何やってたんだよ」

純也が口を尖らせる。

「え、そんなに連日来てたんですか？　でも純也はともかく、金子さん、料亭のお仕事はどうしたんです？　まさか――」

「いや、俺ほどの料理人がそんなわけねえだろう？　ちょっとな。一応、ここの責任者だし、昼のシフトを多くしてもらったんだよ」

「でも、純也と金子さんだけじゃ、メンバーが足りないですよね」

だんだん声が小さくなる。

「そこはほら、秀樹とか、ジェップとか、瑛太とか、いくらでも暇なのがいるから声をかけてだな」

私がこの場所から逃げている間も、ここには明かりがともっていたのかと思うと、自分が情けなかった。純也がそのことを知っていながら何も伝えなかったのは、おじいちゃんの入院を慮ったせいだろうか。

「さて、今日はこの三人みたいだな。まあ、色々あるけど元気に食おうや」

金子さんが明るい声で席を立ち、私と純也にくじ引き棒を差し出した。

「おっし、外すぞ！」純也が気合いを入れて、棒を引く。

久しぶりのくじ引き棒に、すこし明るい気分になって腕まくりをした。

そうなのだ。金子さんの言う通り、何はともあれ、元気に食べるのだ。

「私も、金子さんのお料理が食べたい！」

「おいおい、なんだよ、二人とも。ちょっと待てよ、もう一回、くじ引き棒をミックスするから」

金子さんが、二本しかない棒を芝居がかった仕草で混ぜるのを、純也と二人で笑う。

たった二本が、しんどくても寂しくても、意地でも笑う。

「よし、いいぞ。俺は今日、断固として作らねえからな」

ずいっと差し出されたくじ引き棒二本は、高低差がつけられていて、どちらを引くのも心理的な抵抗があった。でも、考えても答えは出ない。最後は直感に任せて、高く突き出されたほうを勢いよく引き抜いた。

「くっそう、そっち行ったかあ」

棒には赤い印が付いておらず、私と純也は、無事に料亭の味にありつけそうだった。

金子さんはくじ運のなさをひとしきり嘆いたあと、どことなくウキウキとした表情で厨房へと入り、腕組みをして目を閉じた。レシピノートを心の中でめくっているのだと伝わってきて、フックの下の空白に目をやる。

「どうせなら、最近、あんまり出てなかったもんがいいよなあ」

「俺、なんかちょっと甘めのものが食べたいっす。受験勉強で脳味噌が疲れちゃって。

楓もそうだろう？」

「そう言われたら、そうかも」

確かに、疲れ、という言葉がいちばん今の自分にしっくりくる気がした。つづけざまのさよならに、おじいちゃんの入院に、受験勉強。考えてみれば、このうちのどれか一つだけでも、かなり疲れる事態だ。

「なるほど、甘めのものな。よっしゃ、了解！」

金子さんはにやりと笑うと、何をつくるのか告げないまま、さっとポーチを抱えて買い出しに出ていった。

二人になると、純也が緑茶のお代わりを淹れてくれながら尋ねてきた。

「今日はじいちゃん、具合どうだ？」

「うん。痩せてはいるけど、ぴんぴんしてるよ。でも、夜食でスイーツを食べちゃってるらしくて、今朝は胃がもたれるって朝ごはんを全然食べられなかったの」

「はあ!?　なんで胃を悪くして入院してる人間が夜中に甘い物なんて――いや、じいちゃんも俺達と同じで疲れてたのか？」

能天気な様子の純也を前にして気が抜けたのか、最近、胸の奥にわだかまっていた心配がぽろりとこぼれる。

「ねえ、純也。おじいちゃん、大丈夫なのかな。食べないせいで痩せちゃってて。病院、変えたほうがいいんじゃないかって思って、ネットで調べてるんだけど」

純也の顔が、ゆっくりと真顔に変わっていった。

「そうか。やっぱり痩せたよな。うちの親戚もあの病院に入院してたことあるから、ちょっと評判聞いてみるよ。あと、他にいい病院ないかも」

「うん。ありがと」

本当は、心配しすぎだと笑い飛ばして欲しかったのに、やはり純也も痩せたと思っていたのだ。手が微かに震えていて、自分で思っていたよりずっと、不安が蓄積していたことを知った。

純也が手の震えを抑えるように、握ってくれた。

「俺もまたいっしょに見舞いに行くからさ、とにかく今日は、金子さんの美味い飯を食おうぜ。食べてさえいれば大丈夫って、おばさんの口癖だったんだろ?」

「うん。そうだよね」

やっぱり今日はここへ来て良かった。純也が思い出させてくれたように、食べてさえいれば明日は来るのだし、なんと言っても今日の当番は金子さんなのだ。最近苦労の多かった受験生にお母さんからのご褒美かもしれない。そう思うと、知らずに口角が上がっていくのだから、我ながら現金だ。

「何だよ、にやにやして。さすがにその顔は気味が悪いぞ」

椅子を少しずらして離れた純也をぶつ真似をしたり、すみっこごはんの中を掃除したりしていると、金子さんがたいそう張り切った様子で帰ってきた。

買い物袋を持ち上げる二の腕に筋肉が盛り上がる。料理人は体力勝負だと、毎日筋トレを欠かさないストイックな人なのだ。

「今日は、いなり寿司と鶏と野菜の旨煮だ」

「おお、まさに今欲しかった甘さ！　さすが金子さん。間違いないなあ」

「へっ、純也も生意気な口をきくようになったじゃねえか。よし、今日こそ渋柿を超えるいなり寿司を食べさせてやるからな」

意外な宣言に、思わず湯飲みを持とうとしていた手を止めた。

「どうして柿本さんが出てくるんです？」

確かに柿本さんのつくる料理はどれも美味しくて、レシピノートの味を最も正確に再現できると皆からの評判も高かったけれど、プロの料理人である金子さんがライバル視するのは違和感がある。二人の料理は、家庭料理とお店の味で、いわば畑違いなのだ。

「楓、知らなかったのか？　金子さんがすみっこごはんに来た最初の日、迎えたのは柿本さんだったんだぞ」

「え!?　何ですか、その話。そういえば私、金子さんがここに来た日の話って聞いたことなかったかも」

「別に、敢えて話すようなエピソードでもないんだけどな」

厨房には今や、ぴんと背筋が伸びるような、それでいて柔らかく包み込むような雰囲気が満ちている。金子さんが厨房に立つと、そこはいわば、神社のような聖域になるのだ。

多分、どんな時でも、何があっても、金子さんは厨房の空気を変えてきたんだろう。コンロに火を点ける凜とした背中を見て、素直に尊敬の念が湧いてくる。

無駄なく動き回る姿に、純也と二人で見とれながら、金子さんの話を聞いた。

「まあ、あれだな。俺も今でこそ、勤め先で何でも任される立場になってるけどな。いわゆる壁ってやつにぶつかったことがあったわけよ。離婚したすぐあとで、少し参ってたしな」

こちらに背を向けたまま語る声には、ほんの少し照れが混じっている。

「で、普通だったら考えられないんだけどな、仮病使って、休んだ。同僚に頭下げてシフト変わってもらってな。今思うと、あいつ多分、仮病だって気がついてたんだろうな」

頭を掻いたあと、金子さんが合わせ酢の味見をし、「よし」と頷いた。

お砂糖、昆布、塩とお酢。ほの甘い、少しつんと鼻奥を刺激する香りに、さっそくつばが湧いた。年季の入った飯台はすでに十分な水分を吸収しており、そこへほくほくと湯気をたてる白米がよそわれていく。同時に、二つの鍋のうち、深鍋の中ではぐつぐつと旨煮の煮込みが始まっていて、もう一つのお鍋では、お米のとぎ汁で下ゆでしたお揚げが落とし蓋の下で甘く煮詰められていた。

お醤油やざらめ、だし汁の香りがケンカもせずにふわんと香り、隣では、正直な純也のお腹がぐうと賞賛の音をたてる。

お料理が淀みなく進む中、金子さんの声にはほんの微かなためらいが感じられた。

「もう、料理人を辞めようとまで思い詰めてたな。気がついたら、この商店街にたどり着いて細い路地を曲がってた。そしたら、たまらなくいい匂いがしたんだよ。甘くって、優しくって、大きくってなあ。いなり寿司のお揚げを煮てるんだってぴんと来たよ」

香りだけから判断するなら、とても美しい女将《おかみ》が、この小路で小料理屋を営んでいるのだとしか思えなかったという。

「男って仕方ねえだろ？　離婚したばっかりでもうそんなことを考えるんだから」

ともかく、金子さんは、ものすごくお腹が減っていることに気がついて、今の純也のように盛大にお腹を鳴らしながら店の戸を開いた。少し変わった店名だなと思ったほかに、小さな違和感が脳を掠めたけれど、もうお腹が空いていてもたってもいられなくなった。

「ところが、だ」

白米にお酢を混ぜ、つづいて煮染めた人参、椎茸、ささげのみじん切りを優しい動きで混ぜ合わせながら、金子さんが失笑する。

「厨房に一人立っていたのは、渋柿の野郎だった」

今よりまだ若くて、何か格闘技系のスポーツをやっている人間の体つきだったという。当時の金子さんの落胆には、同情して余りあるものがある。

「帰ろうかと思ったんだけどな。あの香りにぎゅうっと胃袋を摑まれちまってなあ」

その日、柿本さんの他には、今はもうそれぞれの事情で通ってくることのなくなった男女がメンバーとして集っていた。そのうちの男性のほうが、「すいません、今日はもう締め切りなんです」と恐縮した様子で告げたそうだ。

「でも、珍しくあの渋柿が、いいじゃねえかって入れてくれたんだ。ちょうど、いなり寿司を多くつくっちまった。こういうのは、最終的に数がちょうどよくなるもんなんだって言って」

「あ、それ多分、お母さんがいつか柿本さんに言ったことがあるんだと思います」

柿本さんは、お母さんから聞いた印象的な言葉を、レシピノートからはこぼれてしまうような声を、折りに触れてできる限り私に伝えてくれていたのだ。

「そういうことだったのか。渋柿の言葉にしちゃ、気が利いてると思ったよ」

笑ったあとに、金子さんは微かに肩を落とし、初めてこちらを振り返った。

「で、な。問題はその後だった。出来上がったおいなりさんが、ずらーっとそこのテーブルに並んで、みんなで一斉にいただきますとやったんだけどな。その味が、どうだったと思う？」

戸惑って純也を見上げると、にやにや笑いが返ってきた。

「俺は、答えを知ってるからさ」

「う〜ん、職人の味、とか？」

金子さんは、少し考えたあと、「違うな」と言って再びこちらに背を向けた。どうやら、煮染めていたお揚げの粗熱が取れて、準備が整ったらしい。左手でお揚げを絞り、右手で小気味よく一口大の酢飯を握ると、すぐにお揚げの中へと酢飯を詰めていく。その一連の動作はもはや、無形文化財に指定された神楽の舞か何かに見えてしまう。

「渋柿のおいなりさんは、愛そのものだったんだよ」

「――へ⁉」

正直に言って、柿本さんの顔と愛そのものという言葉を上手く結びつけられず、素っ頓狂な声になってしまった。金子さんが、珍しく言い訳の口調になる。

「いや、味で負けてるなんて思ってないんだ。味の完成度だけの勝負なら、多分俺の勝ちだと思う。でも、食べ比べた人間がどっちに軍配を上げるかって言ったら、向こうのいなり寿司なんだよな。間違いなく」

悔しそうに眉根を寄せながら、金子さんがお揚げに酢飯を詰め終えた。

大皿に、俵型の福々しいいなり寿司が並べられ、ちょうど計算してあったのか、煮上がった旨煮も、お重のような深めの角皿に美しく盛り付けられていく。上にはちょこんと木の芽が添えられた。

今日の汁物は、お味噌汁ではなく、すまし汁で、すき通った汁の中にぷりっとした蛤《はまぐり》がのぞき、輪切りのすだちが爽やかな彩りを加えている。

「これを三百円で食っていいのか、俺たちは」

純也が、ごくりと喉を鳴らし、私と二人していそいそと配膳を手伝った。

三人でテーブルにつき、「いただきます！」と手を合わせた金子さんのあとで、「いただきまあす！」と子供のように無邪気に手を合わせてしまう。

来た時は、三人で囲むこの大テーブルなんて大きすぎて寂しいに決まっていると思っていたのに、金子さんの料理の見目麗しさと存在感で、むしろちょうど良く感じられた。

「やっべ、うんめえ！　これこれ、これっすよ、すっげえ優しい甘さだなあ」

純也が早くも二つほどいなり寿司を平らげ、全身を弛緩させている。

「あ、ちょっとずるい！」

このままでは、私と金子さんが食べる前になくなりそうで、慌てて手を伸ばして頬張った。お揚げに染みた上品な甘い煮汁が口の中にじゅわあっと広がり、ほどよく水分が飛んだ酢飯が、お揚げの煮汁とふんわり混じりあう。

一口かじって俵の中をのぞいてみれば、人参や椎茸、ささげが控えめな野の花のように酢飯を彩っている。奇をてらわない素朴な味わいなのに、こんなにも上品に仕上がるのは、やはり金子さんの腕によるところが大きいのだろう。気がつくと、私も二つ目をぺろりと食べてしまっていた。

「うわあ、これが料亭のお吸い物かあ」

純也がお汁を啜ったあとで、ふうっとため息をついた。たまらずあとにつづくと、臭みなど一切ない磯の旨味だけが口の中を満たす。

「良かったら、これで味を変えてみてくれ」

金子さんが差し出したのは、大葉や紅しょうが、それにすりごま、生わさびだった。

「醬油につけるのと、また味が変わって面白いぞ」

「あ、うちのおじいちゃんも、おいなりさんにお醬油をつける派です」

おじいちゃんが言うには、江戸前のおいなりさんは、もっとしょっぱかったそうで、おじいちゃんのお父さんも、よくいなり寿司に醬油をたっぷりつけて食べていたそうだ。

金子さんが用意してくれた生わさびをつけて食べたり、紅しょうがといっしょにさっぱりといただいたり、大葉の風味でさらに上品な味わいを楽しんだり。

贅沢にも、舌がさらに変化を求めたら、純也曰く、旨煮というより旨すぎ煮である鶏の旨煮を頬張った。これまた野菜という野菜に甘辛い煮汁が染み渡って、鶏肉が歯ごたえもなく崩れ、確かに旨すぎ煮だと納得してしまう。

そんなことをしているうちに、大皿にぎっしりと並べられていたいなり寿司は、あっという間に残り三個になってしまった。

一体、自分はいくつ平らげてしまったのか不安になっていると、純也が金子さんのほうをじっと見ていることに気がついた。

「あれ、金子さん、どうしたんすか？　なんか、顔が曇ってますけど」

「いや、う〜ん。まあな。わかっちゃいたけど、まだまだ敵わねえんだよな。渋柿の味には」

今味わった以上のものを柿本さんがつくれると聞いて、さすがに異議を唱えたくなった。

「でもそれって、過去の味を美化しちゃってるってことないです？　だって、こんなに美味しいんですよ？　もう年数が経っているんだし、食べた時の心身状態にも左右されそうですし」

「いや、それはない。俺の舌の記憶は色褪せないからな」

もどかしげに首を振って短く唸ったあと、金子さんはさっぱりと顔を上げた。

「ま、精進あるのみだな。わりいわりい。ところで楓ちゃん、沢渡さんの具合はどうなんだ？」

「おかげさまで何とか元気です。ちょっと、というか、かなり心配なほど痩せちゃってるんですけどね。でも、甘い物はちゃっかり食べてるらしくて。早く病人の自覚を持ってくれるといいんですけど」

金子さんに事情を話すと、からっと笑う。

「仕方ねえなあ。人間の三大欲求の一つだからな、食欲は。でも心配だよな。それに楓ちゃんも夜一人なんだから、なるべくここに来なよ。俺と純也は、ほぼ毎日くることに決めてるし、他のやつもけっこう来るし、な？」

「すみません。ご心配かけてたんですね」

変に否定せず、「困った時はお互い様だ」と頭を掻く。金子さんは、竹を割ったようにさっぱりとしているようで、けっこう重層的な性格をしていると思う。多分、他人には見せない繊細な部分で、お料理に向き合っているのだろう。

その金子さんが敵わないと頭を垂れる柿本さんのおいなりさんとは、一体、どんな味だったのだろう。

寂しさを味わう覚悟でやってきたのに、金子さんのお料理をしっかりと味わった結果、孤独の孤の字も出てくる暇がなかった。それどころか、お腹が満たされ、心もおいなりさんのようにふっくらとし、活力を取り戻しているのがわかる。

日々は移ろっていくけれど、皆に会えなくなるわけではないのだ。それに、おじいちゃんだって、おそらく本当に胃が荒れているだけで、落ち込むほど悪いことは、何も起きていないのかもしれない。

自分で自分を励ます声が、久しぶりに胸の内から湧いてくる。

「私にとって、今日の金子さんのおいなりさんは、やっぱり最高です」

心から言ったつもりで、金子さんも笑い返してくれたけれど、職人さんにしか見えない高い次元で納得がいっていないのだろう。

「またリベンジさせてくれよな」

そう言って、頭を掻いている。

それでも私は幸せで、久しぶりに、家路をたどりながら鼻歌が出た。

「来て良かったよな。あんな飯が食えるなんて、奈央さんが聞いたら悔しがるだろうなあ」

「うん、そうだね」

奈央さんの名前を聞いても、今夜はいつもほどには、心が折れた箇所が痛まない。一人、電気のついていない家に帰るのが苦ではない。なぜなら、夜食にしろと金子さんが持たせてくれたいなり寿司があるからだ。さすがの心遣いで、最初から別に取っておいてくれたらしい。

おじいちゃん、早く治して、いっしょにこういうのを食べようよ。

心の中で語りかけながら、商店街の道を歩く。不快だった湿った風が、今は暖かく包み込んでくれる気がした。

＊

翌日の夕方、すみっこごはんを訪れる前に、おじいちゃんを見舞った。ふと病室に違和感を感じ、隣のおばあさんのベッドが折りたたまれていることに気がつく。

「井川《いがわ》さんだっけ？　ご退院されたんだ」

「ああ。きれいな人だったよなあ」

「もう、暢気なんだから」

少し痩せ気味だったけれど、いつも笑みが絶えない方で、おじいちゃんとも話が合う様子だった。今朝は具合が悪そうで心配していたけれど、ただ単に眠かっただけなのだろう。退院できたのはめでたいことで、他人事ながら嬉しかった。

「おじいちゃんも早く退院しようね。今日もぜったい夜食はダメだからね」

「わかったわかった。もう時間なんだから、はやくすみっこごはんに行きなさい。暗くなったら物騒だしな」

「大丈夫だよ。バス停を降りたらすぐに商店街なんだから」

席を立とうとした寸前、おじいちゃんが突然、声を発した。

「あのな、楓」

「どうしたの？　何か買って来て欲しいものでも思い出した？」

「いや、全部間に合ってる。ただ――いや、物騒だから、本当に気をつけなさい」

「わかった。その代わり、おじいちゃんも夜食は禁止だよ」

くどいほど夜食の件を念押ししてから、ようやく病室を出た。帰りがけ、給仕室の前を通りがかった時、会話が耳に飛び込んでくる。

「それにしても、あっけなかったわねえ、井川さん」

「本当に。普通は徐々に弱っていくものだけど、抗がん剤で大分体力も落ちていたみたいだしね」

「立派だったわよねえ。最後まで愚痴らしい愚痴も言わずに」

これは、私とおじいちゃんが話していたのと同じ井川さんの話だろうか。

いや、井川さんは退院したとおじいちゃんも頷いていたはずだ。珍しい名字でもないし、他にも井川さんがいたのかもしれない。

それでも少し胸騒ぎがした。もしかして、隣の人が亡くなったと聞けば私が心配すると、おじいちゃんがわざと隠したのだろうか。

今度おじいちゃんに確かめてみよう。

病院の外へ出ると、梅雨の最中《さなか》の空は、季節違いの青だった。

その夜、蒸し暑かったせいか、勉強が手につかず、なかなか寝付けないまま夜を過ごした。夕方聞いた井川さんの噂話が頭の中で何度も再生され、その度に寝返りを打つ。

数え切れないほどベッドで体の向きを変えたあと、いい加減、寝るのを諦めて身を起こした。その瞬間、スマートフォンが純也からのメッセージを受信する。

『明日の朝、じいちゃんのところに俺もいっしょに行っていいか？』

『いいけど、どうしたの？』

『いや、この間、楓も心配してたし、たまには二人で顔を出そうかと思ってさ』

純也のメッセージに確かな温度を感じて、長く細い息を吐いた。さっき別れたばかりなのに、会いたいなと思う。いつもみたいに、おじいちゃんと三人で、当たり前のように食卓を囲みたいと願う。

すみっこごはんでの夕食の時間は楽しいけれど、家で一人、おじいちゃんを想いながら夜を重ねることが、思う以上に心身にこたえているのだと、ようやく気がついた。

＊

翌朝、純也とバス停で待ち合わせて、おじいちゃんのところへと向かった。今日に限ってお天気は崩れ、空には隙間なく梅雨雲が垂れ込めている。

二人して静かにバスに揺られながら、車窓の向こうの見慣れた景色を眺めた。ガラス窓には、ぽつぽつと水滴が散りはじめている。

「やだねえ、雨。なにもこんな日に来てくれなくてもいいのに」

何気ない会話がはじまるはずだったのに、純也の返事は重たいものだった。

「なあ、一昨日さ、じいちゃんの病院変えたほうがいいんじゃないかって言ってただろう？　でも、親戚に聞いたら、あの病院ってすげえ評判いいんだって」

言葉の内容とは裏腹に、それは初めて聞くような寂しげな声で、響きの芯にこちらをヒヤリとさせるものがあった。突然、病院に漂う消毒液や薬剤や、その他わけのわからないものの混じり合った独特のにおいが、生々しくよみがえってくる。

「やだなあ、深刻な声で言わないでよ。そっか、評判いいなら、安心していいのかな」

「都外からも、沢山患者さんが来てるらしいんだ」

一瞬、バスの走行音に混じって、キーンと耳鳴りがした。

「それで、その患者さん達って――」

「あ、純也、もうすぐ病院だよ。降りる支度、しておかなくちゃ」

どうしてか、純也の声を早口で遮ってしまう。

「楓、聞いてくれよ。じいちゃん、胃荒れでもう一週間以上入院してるだろ。よくよく考えたらさすがに大げさだよな」

「それは、食が細ってるみたいだから念のため点滴で体力を回復するって、先生が」

「でもそれ、じいちゃんからの又聞きだろ？　楓も俺も、先生から直接、じいちゃんの病状を聞いてないよな。前の入院の時も今回も」

純也はこちらを見なかったけれど、その表情は薄らとガラスに映し出されていた。水滴の増えたガラスのせいで、まるで泣いているみたいに見える。

「ちょっと、変な言い方しないでよ。大丈夫だよ。そりゃ、ずいぶんと痩せはしたけど、病気で食べられなかったんだから普通のことでしょう？」

この間は自分から純也に不安だと相談したくせに、今日は、純也の不安を懸命に否定してしまう。どうして、本当のことを伝えているのに、追い詰められた気になるのだろう。どうして純也はこちらを向かないのだろう。

「なあ、じいちゃん、やっぱり本当は、何か違う――？」

ぷしゅうっとバスが間抜けな音をたててドアを開いたおかげで、純也の声は耳に届かなかった。それでも、幼なじみの悲しさで、何を言ったかクリアに伝わってきてしまう。

やっぱり本当は、何か違う病気じゃないのか？

反射的に、純也の肩を強めにはたいた。昔に比べ、ずいぶんとがっしりしてしまったせいで、こちらの手の平までじんじんと痛む。

「まさか。純也だって、おじいちゃんを見たら、そんな考え吹き飛んじゃうよ。とにかく、痩せただけで全然元気なんだから。第一、重い病人が夜中に甘い物なんて食べられる？」

「それは、まあ、そうなんだけどさ」

ようやく純也が顔を正面に向け、頭を掻いた。

「俺も受験とかすみっこごはんのことで、ちょっと気分が落ちてたかな」

話題はそのあと、なくなったレシピノートのことへと移った。時々、思い出したようなタイミングで、心臓が波打つように大きな音をたてて暴れる。こういう症状を何と呼ぶのだっけ。そう、不整脈だ。心に強めの負荷がかかると、この症状が出る。

おじいちゃんよりも、よほど私のほうが具合が悪い。さっさと退院してもらわなくては困る。それにしても、なぜ私は不整脈なんて起こしているのだろう。どうして、すがりつくように、おじいちゃんは大丈夫だと心の中で唱え続けているのだろう。

早く顔を見て安心したかった。気持ちは逸るのに、こんな時に限ってなぜか赤信号ばかりがつづく。

ようやく病院にたどり着くと、おじいちゃんの病室へとつながる廊下から慌ただしくストレッチャーが運び出されてきた。上に誰か乗せられているのが見え、息を止めたまま廊下のど真ん中で動けなくなってしまった。

「楓、こっち」

純也に腕を引かれ、進路の邪魔にならない端へと移動する。

ストレッチャーに乗って目の前を移動していくのは、おじいちゃんと同室のまだ若い男性で、確か同じ胆石での入院だとおじいちゃんからは聞かされていた。

しかし、今の男性はいつもかぶっていた帽子を脱いでおり、あるはずの毛髪がきれいに抜け落ちて、青白い頭皮が剝き出しになっていた。

「じいちゃんじゃ、なかったな」

まだ私の腕を握っていた純也の手から力が抜けた。

二人して、おじいちゃんのもとへと早足で移動した。そんなはずはないのに、あの入り口の向こうでは、おじいちゃんのベッドが整頓されてしまっているような気がして、心臓がますます波打つ。

心配で、心配で、いつしか早足から駆け足になって病室へと駆け込んだ。それなのに。

「よお、楓。今日は純也もいっしょかあ」

おじいちゃんは、心なしかここ最近では血色が良く、肌もつやを取り戻したような様子で、のんびりとこちらに手を上げてみせた。

「おじいちゃん、今のって」

「ああ、山崎《やまざき》君だろう。このところ少し調子を崩していてな。胆石の発作が出たらしい」

老眼鏡を外して新聞を脇に置きながら、おじいちゃんが答えた。

「それじゃ、昨日の井川さんは？　井川さんって、退院じゃなくて亡くなったんじゃないの？」

少し詰問調になってしまった。おじいちゃんは、目に見えて気まずそうな顔になる。

「それは、そうだな。井川さんは亡くなった。脅かしちゃ可哀相だと思って、ついな」

室内が、雨の音だけになる。三人いたおじいちゃんと同室の患者さんのうち、一人は亡くなり、一人は運び出され、一人は静かに眠っている。全員に共通しているのは、ものすごく痩せているということだった。

ここは内科系の病室だから、患者さん達が皆、内臓に疾患を抱えているとしたら、痩せていても何ら不思議ではないはずだ。

自分に無理にでも言い聞かせようとする心の声が、パサパサに乾いている。

「なあ、じいちゃん。じいちゃんは、本当に胃が荒れてるだけなんだよな？」

純也の声は少し震えていて、それはつまり、おじいちゃんの姿を見ても、期待通りには安心できなかったということだ。

「純也、変なこと言わないでよ。ね、おじいちゃんはただの胃荒れだよね？」

小さな女の子みたいな声。

違うんだよ、おじいちゃん。私はこんな声ほど、心細くも、心配でもないし、縋るような気持ちでここへ来たわけじゃない。ただ、胃荒れのおじいちゃんを少し叱って、学校へ行って、そのうち退院の日程を知らされて、一緒にまた家に帰って、今まで通りに行って来ますやただいまや、いただきますやご馳走様をおじいちゃんとしたいだけ。

それなのに、どうして何も答えないの。どうして、そんな申し訳なさそうな顔をするの。おじいちゃんが口を開きかけたのがわかって、どうしていいのかわからなくなって、柿本さんの時みたいに、おじいちゃんの目の前から逃げ出したくて仕方がない。

だけど、情けないことに、足が震えて動けないのだ。前にも後ろにも横にも、動けない。ただ、罠に捕らわれた小動物みたいに怯えながら、おじいちゃんの声を、ここで聞くしかない。

「俺、ちょっと席を外すわ」

純也がそっと病室を出ていくのがわかった。

ただ私とおじいちゃんが向き合っている。下町育ちの口下手二人が、向き合っている。軽口ならいくらでも叩けるけれど、剝き出しの心の声を口にするのがとても苦手な二人だ。それでもおじいちゃんは、年の功なのか、どうにか口を開いた。

「楓、じいちゃんな」

おじいちゃんの顔をまともに見られずに視線をずらすと、ついこの間まで井川さんが横になっていた空のベッドが目に入り、再び視線をさまよわせる羽目になった。

「じいちゃん、もってあと半年だそうだ。あれほど楓が健康診断に行けって言ってたのに無精していてなあ。またこれが健康そのものだったもんで、全然、気がつかなくて」

まるで頼まれていた郵便物を出し忘れたとでもいうくらいの軽い口調で、おじいちゃんが悪すぎる冗談を口にした。

心は麻酔にかかったみたいに鈍っていて、おじいちゃんの言葉の意味を咀嚼《そしやく》もしないまま受け取り、奥底へと沈めていく。

もう浮かんでこなくていい。そのまま沈んでいればいい。

「先生が言うには、手術とかいう段階じゃないそうだ。胆石の手術の時に偶然、見つかってな。だから、もう、治すことを目的とした治療はできない」

もう一塊を沈める。まだ、大丈夫。でも、これ以上受け取ったらあふれ出てしまう。

何が？　わからない。

「あの、おじいちゃん、私、ちょっと――トイレ」

「おお、そうか。うん、行ってきなさい」

返事もせずに、ふらふらと廊下へ出た。トイレには向かわず、非常出口から、外階段の踊り場へと出る。

おじいちゃんが、もう誰にも治せない病気にかかっている。もってあと半年。それはつまり、おじいちゃんが私の世界からいなくなるということだ。おばあちゃんやお母さんみたいに、あのお仏壇の上に遺影として飾られ、うんともすんとも声を発しなくなるということだ。そんなことは、断固として起きてはいけないことだ。許されないことだ。

だから私は、おじいちゃんが死ぬなんて絶対に認めない。

立ち上がって、再び病室へと戻る。

「楓、大丈夫か」

「おじいちゃん、私、もちろん専門家じゃないけど、お医者さんだって万能じゃないんだよね。現に自分は治せないってはっきり言っちゃったわけだし、そんな人の言うことなんて真に受ける必要ないよ。私、お医者さんと話してくる。大丈夫、おじいちゃんのことは私が助けるから。絶対に助けるから」

おじいちゃんが何か言おうとするのを、敢えて遮る。

「大丈夫、ほんとに、任せて。ちょっとナースステーションに行ってくるね」

自分ではない張り切り屋の楓が力強く立ち上がって、病室の外へと出た。ナースステーションへと膝をふるわせたまま近づいて、おじいちゃんの病状を担当医から直に聞きたいと申し出ると、奈央さんと同年代らしき看護師さんの瞳に、たちまち同情の色が浮かんだ。

「確か、沢渡さんのお孫さんね？　わかりました。明日以降になってしまうと思いますが、先生にはこちらから予約を入れますね。誰か、ご親戚でもいいので大人の方は同席できますか？」

「いえ、私一人です」

同情の色が、一段深みを増す。多分いい人なのだろう。でも今は、その色を見たくなかった。何も見たくなかった。当然だけれど、看護師さん達は皆、おじいちゃんがどういう状態なのかを知っている。そのことが、現実を突きつけてくる。

「大丈夫です。祖父からあらかたは聞いたので、覚悟はできています」

張り切り屋の私は、舌がずいぶんと滑らかなようだ。

看護師さんは気遣わしげな表情のまま一旦奥へと引っ込み、誰かと面倒そうなやりとりをはじめた。

見るともなしにカウンターを眺めると、いくつかのリーフレットが置かれていることに気がつく。この病院が主催する患者の家族の会や、区が主催する家族を支える会。どれも、病人本人ではなく、大切な家族を失いつつある人、つまり私のような人間を対象にした会らしい。

ずっと同じ場所にあったはずなのに、今までまったく目に入らなかった。人は、自分の見たいものしか見ない、聞きたいことしか聞かない。ヒントはそこかしこにあったはずなのに、私は、温室の中に自ら閉じこもっていたのだ。

先ほどの看護師さんが、手書きのメモを携えて戻ってきた。

「それじゃ、明日の午前九時に。ごめんなさいね。学校の授業に少し遅れてしまうかもしれないけれど、これが一番早い時間なの」

「構いません。無理を聞いていただいてありがとうございました」

「それより、何か困ったことがあれば、いつでもここへ相談しにきてくださいね」

声には嘘がなくて、心から思いやってくれているのがわかった。けれど今私が必要としているのは嘘だ。おじいちゃんはもうすぐ健康になって、百まで生きるだろうという偽りだ。そう看護師さんにぶつけそうになるのを必死でこらえ、張り切り屋の顔で頷いたあと、丁寧に頭を下げて病室へと戻った。

「おじいちゃん、明日、先生から話を聞いてくるから。心配しないでね」

「楓——、せめて純也か、他の誰かに付き添ってもらいなさい。そうだ。じいちゃんも一緒に聞くから。な、そうしよう」

ここで抵抗しても、どうせおじいちゃんから純也に連絡が行くだろう。そして純也も、絶対に付いてくると言い張るだろう。大人しく頷くと、午前は休むと学校に連絡し、ただおじいちゃんの病室に座っていた。

「休むのは今日だけにしなさい」と一言呟いたあと、おじいちゃんは気怠《けだる》げに瞼を閉じて寝入ってしまった。その姿は、全くの病人で、どうしてつい最近まで家で生活できたのかわからないほど弱々しく見える。違う。どうしてこんなになるまで気がつけなかったのかわからない、の間違いだ。私のせいだ。たった一人の家族なのに。私が、こんなに悪くなるまでおじいちゃんの病状に気がついてあげられなかった。

いや、先ほどのリーフレットみたいに、ちゃんと目に入っていたのに、自ら見ないふりをつづけていたのかもしれない。

思考が枯れた枝を猛烈な勢いで広げ、その先に何もないとわかっていても、枝分かれを止めない。

スマートフォンを片手に『余命　半年』で検索してみる。都合のよさそうな、患者の家族に耳触りのいい見出しがついた記事ばかりをピックアップして読みあさった。

『医者は治せない以上、ただの治療アドバイザーだ。医者任せにしていては、余命半年にさせられてしまう』

『もはや治療はシステム化されていて、一人一人の病状が違うにも拘らず、そして人によってかなり癖の違う病気であるにも拘らず、ステージによって余命宣告は三ヶ月、六ヶ月などと一律にマニュアル化されているんです』

そうだ、きっとそういうことなのだ。患者にとってお医者さんはたった一人だけれど、お医者さんにとっては違う。所詮、大勢の中の一人。それでも、自分の身内を診るように親身になってくれるお医者さんなど、どれくらいいるだろう。一方で、おじいちゃん世代にとっては、お医者さんの意見が絶対だ。告知がマニュアル化されていると知らなければ、お医者さんの宣告を鵜呑みにして、本来は余命十年なのに、半年にされてしまうことだってあるかもしれない。

やはり明日、きちんと話を聞かなければ。おじいちゃんに宣告をした医師がどんな人物なのかを見定めなければ。

張り切り屋は、おじいちゃんを救おうと躍気になっている。そして私は、椅子に座って、おじいちゃんの手をそっと握りしめている。純也が戻ってきて、背後に控えたのがわかった。多分、少し離れたところにいて今の話を聞いていたのだろう。

おじいちゃんの手は水気がなくて、ものすごく冷えていて、ただひたすら撫でつづけるしかなかった。

＊

翌日の朝九時前、受付を済ませると、内科の診察室の前で待った。隣には無言で純也が腰掛けている。

「本当に一人で大丈夫なのか？」

「うん、こういうのって、身内以外に告知してくれるかわからないし」

答えながら、喉の奥がかっと熱くなった。身内。私は今、たった一人の身内を失うかもしれない瀬戸際なのだ。

おじいちゃんの名前が呼ばれ、診察室に一人で入ると、思っていたよりもずっと若い男性が席に着いていた。白衣を着ているせいもあって、理系の大学の実験室から出てきた学生みたいにも見える。経験だってそんなにないだろう。正直、おじいちゃんの命を預けるのには、頼りない気がする。

私の心の声は絶対に表情で語られたに違いないのに、先生に動じた様子は見られなかった。

「沢渡さんのお孫さんですね？」

「はい」

それ以上、声がつづかなかった。

佐々木《ささき》と名乗った先生は、私を見つめたあと、穏やかな表情で頷いた。

「それでは、沢渡さんの病状についてお話しさせていただきます。途中、わかりにくければ、遮ってお尋ねいただいてかまいません」

「ありがとうございます」

佐々木先生が、一呼吸置いたあとつづける。

「沢渡さんは、いわゆるステージ4といって、原発巣、つまり最初に癌のできた部位からすでに転移が見られる状態です。手術で取り除くには癌が広範囲にわたってしまっていて、正直、今の医療ではあまり治療の選択肢は多くありません。沢渡さんの年齢や体力面も考慮すると、もう抗がん剤治療も厳しいと思います」

佐々木先生の前に張り出されたレントゲン写真は、おじいちゃんのお腹の中が写っている。黒い影が無数にあるのが、素人目にもわかった。こんなになるまで、私はおじいちゃんの病状に気がつけなかったのだ。

「つまり、おじいちゃんにできることはもう何もないということですか？」

思ったよりも落ち着いた声で話せているのは、これを現実だとはまだ受け止められていないせいなのだろう。

佐々木先生は、椅子を九十度こちら側へ回転させた。

「医師としては、緩和ケアをお勧めしました。もしも私が楓さんで、自分の祖父が同じ病態だったとしたら、やはり祖父に緩和ケアを勧めると思います」

先生の言葉は、ある意味、告知そのものよりも私の胸に残酷な衝撃を与えた。

この先生は、大勢の中の一人ではなく、おじいちゃんを一人の人間として、しかも近しい人間として捉えた上で話をしてくれている。つまり、おじいちゃんは本当に、望みの薄い状態なのだ。そして、私を見ながら真摯に話をする先生は、いつしか理系の学生の顔つきを脱ぎ捨て、厳しい場面を幾つも越えなければ獲得できないであろう、深みのある穏やかさを湛《たた》えていた。

「ここから先は沢渡さんを見込んで、医師としてではなく、私個人としてのお話をさせてください」

先生の視線が、私を強引に捉えた。

「この病気は、現代の医学をもってしてもよくわからないところの多い病気です。現にステージ4で余命半年と私自らが宣告した患者さんでも、寛解してぴんぴんしていらっしゃる方もいますし、おそらく良い方へ向かえるだろうと思っていた患者さんが、みるみる悪化して亡くなられるケースもあります。かと思えば、病状が一向に進行せず、ステージ4のまま毎日畑に立ち続けている患者さんもいますしね」

「そうなんですか⁉」

ほんのわずかの間瞬いた希望に縋りたくなってしまう。

「それなら、おじいちゃんも、今から回復する見込みがゼロではないってことですね」

「もちろん、ゼロではありません。しかし、治らない確率のほうが、知見から言うと圧倒的に高いです。個人としての私も、占い師のようなことは言えません。ただ、沢渡さんがおっしゃっていました。孫に、最後まで自分の生き様を見せてやりたいと」

「おじいちゃんが？」

「はい。つまり、死ぬ間際まで、自分として生きる、と覚悟を決めていらっしゃるのだと思いました。死が間近であると突然告げられると、パニックに陥ったり、怒りをあらわにする方のほうが多いですし、それは極めて正常な立ち直りのプロセスでもあるのですが。沢渡さんは、非常に精神力の強い方です。素晴らしいおじいさまです」

——自慢の祖父です。

言おうとするのに、うまく口にできない。その一言を発したあと、きっと叫び出してしまう。

たった一人の身内なんです。この間、初めて会ったばっかりのお父さんはいるけど、家族じゃない。私の家族は、おじいちゃん一人だけなんです。だから、死なせないで。助けてください。私の寿命を差し出しますから。どうか、助けてください。

しかし先生は、私の返事を待たずに、再び残酷な現実をつきつけてきた。

「精神力の強い方にしばしば見られる傾向として、痛みや辛さを極限まで堪えるというものがあります。しかし、患者さんを極限まで苦しませる医療というのは、医師として本意ではありません。なので、もちろん私も見極めを行いますが、そこだけは気をつけてあげてください」

張り切り屋の楓が勇んで診察室へとやってきたはずなのに、そんな付焼刃の仮面はすぐに剝がれ、もはや素の自分で力なく頷くことしかできなかった。

どうやって佐々木先生に挨拶をしたのか、自分でも判然としないまま診察室を出て、「とりあえず学校に行こう。受験生だし」と純也に告げた。

純也は、色々と尋ねたいこともあったろうに「うん」とだけ言った。

病院を出る前、二人で無言のままおじいちゃんの病室を訪うと、珍しく朝から眠っていた。

一昨日より昨日、昨日より今日、おじいちゃんは痩せている。先生と話す前に会ったばかりだというのに、くっきりと浮き出た鎖骨を見て病院の床がうねった。

その後、何とか登校したけれど、夏のプールで一日遊んだ後のように、眉間のあたりに眠気がもやっていた。思考もはっきりとせず、授業の内容もまったく頭に入ってこないまま、ぼんやりと放課後を待っていた。

皆がざわざわと教室の外へ向かいはじめたのを見て、どうやら放課後が来たらしいことを知った。機械的に立ち上がり、校門を出て商店街へと向かう。

すみっこごはんの皆が一人ずつ去っていった時も、おじいちゃんが重い病に侵されている今も、商店街の光景は驚くほど変わらず、人々が日常を営み、その営みが交差し、笑顔が生まれたり、怒りが生まれたりして、その上を日がゆっくりと傾いていた。

心がまだ無感覚でいたがっている。そのことが自分でも薄らとわかった。だから、細い路地を曲がる瞬間、家へと引き返すことにした。

金子さんも、今日、おじいちゃんの主治医と私が話したことを知っている。

すみっこごはんに顔を出しても、向こうから話題を振ることはないと思うけれど、私が何も言わなければ、おじいちゃんの病気が重いものだったと告白するのも同じことだ。その気詰まりな空気を想像するだけで、気が重くなった。かといって、今からバスに乗っておじいちゃんに会いに行くのも、今日だけは嫌だ。

こんな時、会いたい人は、皆遠くにいる。

きっと誰かが、周到に計画して、私をどん底に突き落とそうとしているのだ。

早足で家へと戻り、何度かあった着信をすべて無視して、参考書と問題集を広げた。

すみっこごはんを強い場所にするだとか、食べられなくて困っている、孤食に悩んでいる、そんな子供達をも受け入れられる場所にする、だとかいう大層な理想は消え去って、ただ現実から逃れるためだけに勉強に没入した。

そうしなければ、おかしくなってしまいそうだった。見て明らかに違和感のある人ではなく、よくよく話してみると、会話をしている相手から首を傾げられるような、微妙に噛み合わない人間になって、ずっと現実の一歩外で生きていくことになりそうだった。おじいちゃんにしてあげられることが、何一つない。そのことに、叫び出しそうになる。いや、唯一、佐々木先生が示してくれただろうか。

痛みを極限まで我慢していないか、見抜いてあげること。

孫に課せられるそんな残酷な役割ってほかにあるだろうか。

静まり返った部屋で「あ」と声を出して、お父さんとの約束を思い出した。

『申し訳ありません。来週、うかがえなくなりました。また改めてご連絡します』

約束を断るのに、電話で話すのが億劫で、失礼なほど素っ気ないメッセージを送って済ませる。

涙は不思議と出ない。心が水気を失い、胸の中で萎んでいる。何も感じなくて済むように、余計な想像を働かせず、おじいちゃんと生きる未来だけを思い描けるように。

夜更けまで問題集とにらみ合いをつづけ、気がつくと、机の上に頬を乗せたまま寝入っていたらしい。

目を開くと明け方で、自分にどんな一日がやってきたのかを思い出し、もう眠りにつくことはできなかった。

なあ、楓。びっくりしただろうなあ。辛い思いをしているだろうなあ。

じいちゃんは、楓を一人にしないっていう由佳との大事な約束を破って旅立つ。

だから、考えた。どうしたら、償いをできるか。どうしたら、あっちへ逝った時に、由佳から大目玉をくらわずに、小言くらいで許してもらえるだろうかってな。

ない頭を、ばあちゃんが雑巾を絞る時みたいにきつうく絞って、ついに答えが出た。

じいちゃんは、とにかく最後まで自分の人生を生きることに決めたんだ。じゃあ、じいちゃんにとって、生きるってことはどういうことかって、またさらに考えた。はっは、病人なんて暇なもんだろう？　そして気がついたんだ。俺が生きるってことは、何も大げさなことじゃないって。これまでだって、本当にありふれた人生を送ってきたからな。

生きることとは、楓と会える時にはたくさん笑って、たくさん話して、それから、美しい家具をつくること。じいちゃんにとっては、以上なんだ。

今はそういう単純な時間が、つくづくありがたいし、幸せだ。それに、こう、美しいんだな。まるで完璧な一脚の椅子みたいに、どの角度から今を眺めても、奇跡に思えてくる。誤解を恐れずに言えば、楓にじいちゃんの病気を告げる瞬間でさえ、美しかった。

楓、じいちゃんの姿を、最後まで生きようとしている姿を、目に焼き付けてほしい。まだ辛いよな。楓が今、どういう状態なのか、じいちゃんにもわかるつもりだ。こう見えても、妻と一人娘を病室から送り出した身だからな。楓にあんな想いをさせているのかと思うと、胸を炙《あぶ》られてるような気に今でもなっちまう。でも、じいちゃんは決して不幸じゃなかったし、今もむしろ幸福だ。恩返しだって、もう有り余るくらいしてもらったしな。

知ってたか？　楓の恩返しは、じいちゃんを、楓のじいちゃんにしてくれた時に終わってるんだ。だから、何にも気に病む必要なんてないからな。

楓は、じいちゃんなんかにはもったいねえ孫だ。

さあ、今日も木を削るぞ。なに、病院の許可は取ってある。佐々木先生が壁になってくれたんだ。楓も話をしたんだよな。どうだ、いい先生だったろう？

じいちゃんな、今なら、最高の家具をつくれる気がしてるんだ。

レシピノートは永遠に

机にかじりついた成果がでたのか、成績が飛躍的に上がった。七月の初旬にあった模試の結果を携えて、個室に引っ越したおじいちゃんの病室を訪ねると、家の工房みたいに木の香りが満ちている。

「おう、楓。今日は早かったな」

「うん。っていうか、おじいちゃん、こんなにおが屑出しちゃって大丈夫なの？」

「大丈夫だろ。あとで敷地内のくぬぎのそばにでも撒いてきてくれよ。この病院な、小児病棟に長いこといる子供達も多いんだ。カブトムシなんかが捕れたら、子供達も喜ぶだろう？」

「そりゃ、私は構わないけど」

勝手にそんなことをしたら不審者と間違われそうだから、あとで看護師さんを通して佐々木先生に許可をもらうことにした。

おじいちゃんの前では、笑っている。心の中は今もまだ無感覚なままで、このがらりと変わってしまった世界をどうにかやり過ごすだけで精一杯だ。

家で一人なのもしんどいけれど、金子さんや純也に会うと、やはりどうしてもおじいちゃんの話になってしまい、おじいちゃんの病状を現実として突きつけられてもっとしんどいから、毎日迷ったあげく、結局、お見舞いのあとは家に帰る日々がつづいている。

「今日もすみっこごはんに行くんだろ？」

「うん。何しろ、金子さんが最近、くじに当たりまくっててね、毎日料亭みたいなごはんなの。あ、ごめん、おじいちゃんはあんまり食べられないのに」

嘘がすらすらと出てくる。ごめんね、おじいちゃん。意気地のない孫でごめん。

謝りながらも、嘘が止まらない。

「ばか、育ち盛りが気にするな」

「育ち盛りって、私もう十八だよ？」

告げると、おじいちゃんがカンナを滑らせていた手を止めた。

「そうだな」

一瞬止まった手が再び動き始める。とても、余命宣告された人間とは思えない淀みのなさで、厨房に立つ時の金子さんにも似た雰囲気がある。

「ねえ、あんまり根詰めないでよ」

「なに、家具をつくるのがじいちゃんにとっての遊びなんだ。考えてみれば、じいちゃんはずっと遊んで生きてきたんだな」

へへっと笑うと、おじいちゃんが愛しげに作りかけの椅子を眺めた。残念ながら、私にはおじいちゃんの造形的なセンスは受け継がれなかったけれど、小さい頃からおじいちゃんの仕事を眺めてきたせいか、いい家具は何となくそれとわかる。目の前の椅子は、特に斬新なデザインではないけれど、そこに佇むだけで人の目を惹きつけるものがあった。

「なんか美人だねえ、その椅子」

「そうだろう。我ながら、なかなかの完成度だ」

家の居間と工房を隔てる扉を開けて、おじいちゃんと話しているみたいだった。おじいちゃんは一瞬、何かじれったそうに椅子を見つめたけれど、こちらに顔を向けた時には笑顔になっていた。

「よし、これからちょっと集中したいから、楓も心配せずに、もうすみっこごはんに行きなさい」

「体に無理させないでね」

私のほうへ力こぶをつくってみせると、おじいちゃんは再び、仕事に集中しだしてしまい、もうこちらを見なかった。

ここのところ、ずっとそうだ。おじいちゃんは、お見舞いに行くたびに、まるで病気のことなんかなかったみたいに椅子づくりに熱中している。でも、遺作をつくるとか、そういう悲壮感や気負いはまったく感じられない。さっき本人が言ったみたいに、遊んでるみたいな顔で、時々、すごく若返ったような表情さえすることがある。

好きなことだけをしていたら奇跡的に治った、ということが少なくない病だ。おじいちゃんにも同じ効果があるんじゃないかと、私はひそかに期待している。

他にも佐々木先生が太鼓判を押してくれた鍼灸は、近所の人に紹介してもらった先生が病院まで施術しに来てくれる。こういうことが可能な病院は少ないのだと、おじいちゃんは佐々木先生に感謝していた。

病院を出て、バスに乗り込んだ。商店街の最寄りのバス停で降りたけれど、今日も迷って、やはりすみっこごはんには行かない。昨日と同じように、幸せな混雑がつづく商店街の目抜き通りを回れ右して、家へと引き返した。軽く掃除をして、適当に夕飯を食べたら受験勉強に没頭し、余計なことは何も考えずに明け方眠る。

迷路の出口を目指さずに、同じ行き止まりへと毎日たどりつき、また入り口まで引き返してくる感覚。

これでいいのだろうか。いいはずはない。けれど、出口には残酷な現実しか待っていない。だから今日も、ひたすら受験勉強をして、机で眠ろう。

しかし、家の見える付近までたどり着いた時、今日はそれができそうにないとわかった。金子さんと純也が、玄関の前に立って待ち構えていたのだ。

逃げようと思ったけれど、もう二人ともこちらに気がついてしまった。何と声を掛けていいのかわからずに、「純也に金子さん」と名前を呼んだだけになってしまった。

「悪いな、忙しいとこ押しかけちまって」

金子さんが、頭を掻く。

心配をかけたのが申し訳なくて、それでも、来ないで欲しかったと思ってしまう自分が情けなくて、どんな顔をしているのかよくわからない。帰ってください、とは言えないという消極的な理由で、玄関を開けて二人を招き入れ、取りあえずお茶を出した。

「ごめんなさい。二人が来てくれるってわかってたら、もうちょっと早く戻ったのに」

「いや、こちらこそ悪いな。毎日、沢渡さんのところに顔を出してるんだろう？」

「はい。でも、本人はずっと椅子づくりに夢中だし、私が行っても早く帰れなんて言われちゃうこともあって。それより受験勉強が忙しくて。ちょっと成績が下がっちゃったんです。合格圏内のもう少し上のほうに食い込んでおきたいし」

「そうか。そうだよな。楓ちゃんは受験生なんだもんな」

金子さんが腕組みをして、少し考えるような顔をした。純也がすかさず話の穂を継ぐ。

「ところで今日はさ、楓にニュースがあってきたんだ。例のレシピノートの件でさ」

すみっこごはんにもっと顔を出せと説得されたり、大丈夫なのかと精神的なダメージを気づかわれるのが億劫だったから、この知らせは意外だったのと同時に、私をほっとさせた。もっとも、お母さんのレシピノートが無くなった事件の話題にほっとするなんて、どうかしてるけれど。

「もしかして、犯人が見つかったんです？」

微かに身を乗り出すと、純也と金子さんがそろって微妙な顔のまま頷いた。

「防犯カメラからたどり着いたとか？　それとも、警察から連絡があったとか？」

「ああ、防犯カメラは、商店会の会長に話を通してチェックさせてもらった。案の定、警察からは何の問い合わせもなかったっていうし、いよいよ任せておけねえと思って」

するとレシピノートが無くなる前の晩、映像に見知った人物が写っていたという。

「すみっこごはんの代表になってわかったんだけどな。すみっこごはんの建物がある一角ってのは、どうも開発業者にとっちゃオセロの角みたいな価値のある土地らしいな。あの一角を手に入れられると、開発できる土地の面積がぐっと大きくなるらしいんだ。ほら、前もここを手に入れようと怖いばあさんが色々と画策したことがあっただろう？　それでまあ、来るわ、来るわ、土地を売れって話が途切れもせずに持ち込まれてくるわけよ。中でもしつこい連中がいてな。この間、とうとう俺の勤め先まで、土地を売らねえかって訪ねてきた」

「それが、商店街にある不動産屋なんだって。俺は知らなかったけど、富士《ふじ》不動産って知ってるか？」

「あ、何となくわかるかも。おでん屋さんの隣ですよね」

重々しく頷いた金子さんによると、どうやら質《たち》の悪い人々とのつながりも噂されていて、商店会の中でもさわらぬ神に祟りなしという扱いになっているという。

「俺んとこを訪ねてきた連中もな、小ぎれいななりはしてたけど、目を見りゃわかる。あれはかたぎじゃなかった。その連中の中の一人が、細い路地を入っていくのがばっちり映ってた。だからって、それだけじゃ犯人扱いもできねえし」

「でもそんな人達が、すみっこごはんに忍び込んだとして、いきなりなぜレシピノートを盗んだんでしょう?」

尋ねると、金子さんが顎をさすった。

「そう、そこが問題だったんだ。これ以上はさすがに素人の手に余ると思って、今度こそ真剣に動いてくれって、警察に映像を持ち込んで相談してみるつもりだ」

「そうですか」

我ながら、他人事みたいな返事になってしまった。お母さんのレシピノートのことなのに。私に語りかけてくれる唯一の声なのに、心が動かない。金子さんといっしょに行動を起こそうという気になれない。

私は相当の迷路にいるらしい。そう思う自分の声もくぐもっていて、突然、笑い出したくなってしまった。自分がおかしな興奮状態にあるとうっすら自覚し、すんでのところで笑いをこらえる。

気がつくと、金子さんが眼前で真剣な顔をしていた。

「なあ、楓ちゃん。これから俺達といっしょに、すみっこごはんに行かないか」

「え、これからですか？」

正直、嫌だった。こんな風に、今のままじゃダメだ、なんて顔をしたままの二人と過ごすなんて耐えられない。

「困ったなあ。でも、受験勉強があるし」

笑って断ろうと思った時だった。金子さんの放つ空気が、一瞬で、重みを増した。ごまかしの笑顔が固まって、張り付いたままになる。

「楓ちゃん、残されてる時間は、少ない。それでも、そんな状態で沢渡さんに接しつづけるつもりか？　絶対に、絶対に、後悔するぞ？」

「――」

後悔ならもう、毎日死ぬほどしている。なぜおじいちゃんの体調に気がつけなかったのか、なぜあの時おじいちゃんのことを避けたりしたのか、反抗したこと、文句を言ったこと、理不尽に八つ当たりしたこと。その全てが、おじいちゃんを病に追いやった原因に思えて、毎晩、毎晩、どんな思いで過ごしているか。

初給料でプレゼントしようと思っていた道具を買ってあげられる望みもなくなったし、結婚相手を連れてきておじいちゃんに紹介することもできそうにない。

冬は寒くなるこの家の台所を新しくしたり、お風呂場だっていつかジェットバスに新調してあげるつもりだった。二人で熱海に行こうって約束していたし、ちゃんと貯金してオーストラリアまでコアラを見せに連れて行くつもりだったのに。大きな恩返しは何一つできそうにない。

なのに金子さんは、私が必死に目を背けている現実を、なぜそんなにも無神経に突きつけてこようとするんだろう。

追い詰められて、何か考える前に嚙みついた。

「そんな状態って、どんな状態ですか？」

「おい、楓」純也が伸ばした腕を振り払おうとして、パンと乾いた音が出る。

「そうやって目をそらして、何にもなかったみたいに沢渡さんに接して、今どうしても伝えなきゃいけないことも伝えずに、漫然としてることだよ」

金子さんが容赦のない言葉で、さらに詰め寄ってくる。

視線を逸らそうとしない相手を前に、病気の宣告を聞いてからこちら、ずっと一人で抱えていたものが、ついに決壊した。

「どうせ、逃げてますよ！」

もう自制なんてできない。言葉が飛沫《しぶき》を上げて、迸っていく。

「私だって、こんな状態でいたくないですよ。でも、仕方がないじゃないですか。そうじゃなかったら、多分私、泣いておじいちゃんに縋っちゃいますよ。死なないでくれ、置いてかないでくれ、一人にしないでくれって。それとも、おじいちゃんに毎日泣いて訴えればいいんですか。それでおじいちゃんの病気が治るなら、いくらだってそうしますよ。でも、でも治らないじゃないですか。おじいちゃん、もう、死んじゃうじゃないですか！」

金子さんや純也に、こんなことを訴えたって困らせるだけ。もうすぐ一人になるのに、こんな子供じみた振る舞いしかできない。こんなに未熟なまま、天涯孤独になる。誰の子でも、孫でもなくなって、この広い世界に、染みみたいな小さな点として生きていく。

金子さんは、黙って私の声を受け止めたあと、静かに答えた。

「楓ちゃん。残念だけど、人は誰でも、いつかは死ぬ。いなくなる。その辛さを、一人で抱えこんで無理に笑ってる必要はないんだ。もっと大人に甘えろ、恋人に甘えろ、じいちゃんにも甘えていい。笑ってみせるだけが強さじゃない。すみっこごはんの皆だっている」

「いないじゃないですか！　奈央さんも、一斗さんも、柿本さんも、丸山さんに、田上さんまで。みんないなくなって、私達三人だけじゃないですか。きれい事言ったって、所詮他人なんですよ。血縁じゃないし、おじいちゃんの代わりになんてならない。私にとってのおじいちゃんが死ぬのと、みんなにとっての沢渡さんが死ぬのは全然違うんですよ！」

ぱんっと乾いた音のあと、頬に痺れが広がった。純也が、私と金子さんの間に立って、こちらを赤い目で悲しげに見つめている。

「じいちゃんは、俺の家族だ。それに、金子さんは家族でもない楓のことを心配して、どうやったら負担にならないかとか、タイミングとか色々と見計らって、今日ここに来てる。所詮他人って言うけど、じゃあ楓は、家族以外の他人にそこまでしたことあるのかよ」

「おい、純也。もうそこまでだ」

「でも、あんまりにも周りが見えてないから。楓、そういうとこあるから、じいちゃんも心配してて」

「何よそれ。死んじゃうくせに、自分の体の心配してよ。どうしてこんな時にまで私の心配して、こそこそ純也に話してるのよ」

涙は乾いたまま。ただ、おじいちゃんがいなくなるという現実が、ついに、むき出しで目の前に佇んでいる。

こんな酷い現実との向き合い方を、どこでも教えてもらったことがない。

「おじいちゃん、ほんとに死んじゃうのかなあ」

乾いた声。乾いた世界。答えは決まっているから、誰も何も言わない。

頬がじんじんして、痛い。どうして私は、こんなに生きてるんだろう。

「辛えよな。親代わりなんだもんな」

金子さんの静かな声に、すとんと足の力が抜けた。ゆっくり床に座り込んで顔を覆う。

「なあ、やっぱり、すみっこごはんに行かないか。おいなりさん、どうしても作りたくってな。今なら、柿本さんを超えられる気がするんだ」

「そんなに言うなら、どうぞ」

もう、わからない。何でも好きにすればいい。投げやりな声しか出ない。

「だから、楓ちゃんも一緒だって。食べてさえいれば大丈夫なんだろ？それが、由佳さんの教えじゃねえのか」

これから一人で生きるんだから。

金子さんがおそらく飲み込んだであろう一言が、みしりと重い。

「ちゃんと食ってりゃ、大抵のことは乗り越えられる。大分長い間、一人で生きてきた俺が言うんだから間違いない。それにまあ、あれだけすみっこごはんに通ってたら、わかるだろう？　みんな、色々あって、それでも食って、寝て、生きて行くんだ。沢渡さんだって、そうじゃねえのか。あの状態でも、すげえ頑張って食って、最後の最後まで自分を生きようとしてる。人生を燃やし尽くそうとしてる。それなのに、楓ちゃんがそんなんでいいのか？」

おじいちゃんが、必死に小さなご飯の塊を口に運んでいる姿が思い浮かぶ。甘い物を食べてお腹が空いていないなんて嘘だ。おじいちゃんはもう、ずいぶん前から、食べるのがしんどくて、それでも懸命に食べて、生きようとしていた。

奥歯を噛みしめて、涙を堪える。

「うう」

小さなうめき声とともに、必死に立ち上がった。

柿本さんから繰り返し伝えられたお母さんの口癖が、たんぽぽ色の女の人の声で頭の中に響く。

食べてさえいれば、大丈夫だからね。

優しいミルクの香りが鼻の奥をくすぐって、空気にふわりと抱きしめられた気がした。

金子さんと純也に連れられて、すみっこごはんを訪れた。

「さあ、遅くなる前に、さっさととりかかるか」

「はい」

少し鼻声で答えると、厨房へ入った。

私は、お味噌汁を。金子さんは神楽でも舞うような流麗さで、いなり寿司を。

勝手知ったるすみっこごはんの厨房は、しばらく顔を出さなかった薄情者の私を、変わらない温かさで迎えてくれた。

「こんな時くらい、変わりだねも許されるよな」

言いながら金子さんは、すでに鍋で油揚げを煮詰め、甘い匂いを振りまいている。椎茸、人参、インゲンも煮染められているのはこの間と同じだけれど、同時に、炒り卵、茎わさび、鶏肉そぼろなどを手際よく仕上げていった。相変わらず見とれてしまうほどの鮮やかさだ。

けれど今日の金子さんは、いつもと雰囲気が違っている。何が違っているのだろう。しげしげと眺めてみると、あり得ない考えがよぎった。

「何だか、お母さんみたい」

ぶほっと、純也が背後で笑ったのが聞こえたけれど、金子さんは笑わなかった。それどころか、少し嬉しそうに頷いている。

「それが柿本さんのいなり寿司の秘密だ。あの日、柿本さんは、帰省した息子をまた送り出す母親みたいな気持ちで、いなり寿司をつくってくれたんだよ。それがあのおっさんだってリアルに想像すると、複雑なものがあるんだけどな」

「それ、なんだかわかる気がする。柿本さん、レシピノートを正確に再現するのはもちろんだけど、レシピノートの精神みたいなものも再現してたんですよね、きっと」

「そうだな。みんなのおふくろみたいにってのが由佳さんの心構えだったんだろうな。

おいしくなれってのはもちろんだけど、頑張れ、頑張れって、食べる人のこと思いながら、つくってたんじゃねえかな」

頑張れ。頑張れ。

いつの間にか寿司桶には酢飯が湯気を立てており、煮上がったお揚げに、金子さんがあの優しい味わいの酢飯をつめて、せっせと大皿に分けていく。どんどん、どんどん、その数が増えていく脇で、純也が少し取り分けた白い酢飯に、熱湯を掛けた茎わさびを刻んで加え、やはりお揚げに詰めている。

金子さんの時もあり得ないと思ったのに、純也まで割烹着《かっぽうぎ》のよく似合うお母さんみたいな優しい顔つきをしている。黄金色のおいなりさんは、せっせとつくられていき、大皿が一枚、二枚。

「ちょっと、私達三人でそんなに食べれないでしょ!?」

私の小さな悲鳴に、金子さんが芝居がかった様子で答える。

「こういうのは、最終的に数がちょうどよくなるもんなんだろう？」

言いながら、腕時計を確かめる仕草をしている。ただし金子さんの腕に時計なんてない。

「さて純也、そろそろ時間じゃねえかな？」

「そうっすね。ちょっと、呼んできます」

「へ⁉」呼ぶって誰を、と問いかける間もなく、純也が入り口まで歩いていく。視線で金子さんの横顔を問い詰めたけれど、鼻歌混じりにお母さん役をつづけるだけで、答えを教えてくれる気はないらしい。

ガタピシと扉を開く音につづいて、聞き慣れた声がすみっこごはんに響いた。

「ごめんくださあい。ちょっと時間に遅れちゃったけど、大丈夫ですかあ」

「奈央さん⁉」名前を呼んだまま絶句していると、金子さんが吹き出す。

「まだまだ来るぞ」

口をぱくぱくとさせている間にも、さらに声がつづく。

「お邪魔します。やあ、三人が揉めて、あと一時間待たされたら餓死するところでしたよ」

茎わさびのような辛みのある言葉は、丸山さんだ。

「本当にねえ。それにしても、やっぱり東京は便利ねえ。電車がすぐに来るんだもの」

博多に引っ越したばかりの田上さんの声までするのは気のせいだろうか。

気がつくと、駆けだしていた。狭いすみっこごはんの中を、走って出迎えずにいられなかった。

一斗さんが皆から頭一つ抜け出た位置で手を上げている。ジェップさんに、秀樹君に、瑛太君、沙也《さや》さんまでいた。

「水くさいじゃないの。どうしてすぐに連絡してくれないの」

皆をぐいぐいと押し分けて、田上さんが有無を言わさず私を抱きしめた。豊かで柔らかで力強い両腕が、きっとお別れを沢山知っている両腕が、しっかりと私をくるむ。体温が、一気に戻ってくる。胸の中に雨雲が湧いて、ひび割れた大地を潤していく。

「大変だったわね。本当によく頑張ってるわね」

田上さんの背中に腕を回し、ぎゅっと抱きついた。奈央さんもそっと近づいて、顔を歪ませながら頭を撫でてくれる。

「本当に、田上さんと奈央さんだ」

さっきはすんでのところで堪えた涙が無防備に溢れ出し、いつしか声をあげて泣いていた。

金子さんが、大テーブルについて両手を合わせた。

「いただきます！」

大量のおいなりさんは、大集合した皆でようやく食べきれるかという数になっている。おまけに、大皿と大皿の間を、田上さんの持ち込んだおかずが埋めているから、もはやごはんが余るのは必至だった。

「さ、みんな遠慮なく食ってくれ。これが、柿本さんを超えたおいなりさんだ」

「ほう、ついに、あの人のおいなりさんを超えるこつが摑めたんですか？」

丸山さんの瞳が暗闇の小動物のようにぎらりと光った。

「そうだ。いや、正確に言うと、超えるとか超えないとかじゃないんだけどな」

「もう、そんな能書きいいから、食べるね！」

今回、我先にと手を伸ばしたのは奈央さんだった。

「ん！　あれ⁉　んん⁉」

奈央さんは、なかなか感想を言わなかった。ただ、無言で次のおいなりさんへと手を伸ばし、もう一つ頰張っている。田上さんも、ジェップさんも一斗さんも、感想を言わずに食べてはそれぞれの近況報告をして、皆で盛り上がりはじめた。

「楓、食わねえの？」

純也に言われ、喉の奥にまだ残っている塩気を水で流したあと、一口頰張った。にやりといたずらっぽい顔で皆の様子を見守っていた金子さんが、こちらに目を留める。

「あれ、美味しいのに、なんだか、金子さんぽくない」

「そうですね。これは、お店じゃなくて、家のおいなりさんです。お盆やお正月に帰省したら、母親につくってくれとねだって出てくるようなおふくろの味、つまりすみっこごはんの味ですね」

丸山さんはさらにつづけて、私や、おそらく奈央さんの言いたいことを代弁してくれた。

「いつもと違って、完璧じゃない。強いて言うなら、ちょっと味に隙があって、とても優しい。いったいどうやってつくったんです？」

皆の注目が集まる中、金子さんは、にやりと笑う。

「まあ、ざっくりつくったってことかな。あとはただ、気持ちを込めただけ。ちまたの台所で当たり前に加えられてる調味料だよ」

「愛ですね」

キザな台詞《せりふ》でも、一斗さんの口を通すとごく自然だ。そんな彼は、私からのもらい泣きで最終的に私よりも派手に声をあげて泣いてくれたばかりだ。

皆といっしょに食べるおいなりさん。すみっこごはんのおいなりさん。

食べている途中、また喉が熱くなって塩気が足されてしまったけれど、金子さんが込めてくれた愛は少しも損なわれることなく舌から食道を通って胃袋まで染み渡り、私はもちろん、おそらくここにいる皆を癒やしていった。皆の笑顔が、声が、なにげないおしゃべりが、たとえ一日だけの奇跡でも、いや一日だけの奇跡だからこそ、こんなにも輝いて力をくれる。

「カフェ、ようやくオープンできそうなんですよ」

一斗さんが奈央さんと微笑み合って報告してくれた。瑛太君は、丸山さんの教え方がスパルタだと少し音を上げて「まだまだ序の口ですよ」と返され、ジェップさんはタイの大使館へ就職が決まりそうだと言って皆を驚かせた。沙也さんはプロの声優として、今度大きなアニメのプロジェクトに参加する予定だというし、田上さんがものすごく小声で耳打ちしてくれたところによると、どうやら金子さんといい感じらしい。秀樹君は、学校のサッカー部に所属し、以前では許されなかった擦り傷を脚のいたるところにつくって皆に勲章自慢をしてくれた。

そして誰もが、ここに柿本さんのいないことを惜しみ、愛のある悪口を言い、たくさんの思い出話をして笑った。笑う度においなりさんは減っていって、本当にちょうどいい数だったことに驚かされる。

「ほんとに、どうしてるかしらねえ、あの人」

「英語、少しはしゃべってるんですかねえ」

奈央さんが、しみじみと呟いたその時だった。着信音が鳴り響いて「あ、俺だ」と金子さんが画面を確認し、驚いた顔で立ち上がった。

「どうやら柿本さんに、俺達の悪口、聞こえてたみたいだぞ」

皆に向けられた画面には、『渋柿』と短く二文字、発信者の名前が表示されている。

「早く出てみて、金子さん」

田上さんがせっつく。金子さんが画面を耳に当てて「もしもし？」と電話に出る間、皆、そわそわと待った。

しかし、何やら様子がおかしい。金子さんが「ええ!?」と鋭く叫んだあと、口をパクパクさせたり、呼吸困難に陥ったのかコホンと咳き込んだり「なんだってそんな」と声を発したあと絶句したり、穏やかならぬ様子なのだ。そのくせ、どこか弛緩したような様子で通話がつづいていくものだから、内容がまったく想像できない。

「一体、どうしたのかしらね？」

「ただの電話じゃなさそうですね」

奈央さんと二人、囁きあっていると、突然、金子さんが私を手招きした。

おずおずと近づいていくと「渋柿から話があるそうだ」と呆れ半分、笑い半分でスマホを手渡してくれる。

「もしもし？」おそるおそる声を発すると、確かに気配はするのに柿本さんはしばらく無言だった。

「もしもし？」もう一度呼びかけると、「悪い、レシピノートは俺が持ってる」と、唐突に返ってきた。

「ええ⁉」

聞いた瞬間、飛び出したのは、金子さんとまったく同じ驚きの声だった。

それから、なぜノートを持ってアメリカへ渡ったのかを尋ねたけれど、返ってきた答えはあまり要領を得ない。ただ、どうしてもノートを持ち去らなくちゃいけない事情があったと繰り返すばかりなのだ。理由を尋ねても、「電話じゃだめだ。絶対に会って話したい」と、どうしても譲ってくれない。

結局、真相はわからないまま、通話を切った。

「ノート、あって良かったあ」

通話を切った途端、膝から力が抜け、畳にへたり込んだ。

そのあとしばらく、柿本さんがレシピノートを持っていった理由を皆で推理し、大いに盛り上がったことは言うまでもない。

まだまだ話は尽きなかったけれど、交通の事情やそれぞれの予定があって、夜が更けるにつれ、皆、三々五々散っていった。

レシピノートの居所がわかった安心と、皆に会えた嬉しさで、久しぶりに心に明るい日が差したけれど、やはりだんだん沈黙が広がっていくのは寂しくて、皆の話し声の残響を、そこかしこに探してしまう。

最後まで残って片付けをしてくれた金子さんが、少し迷ったような顔をしたあとで帰り際に告げた。

「楓ちゃん。俺は、その思うんだけどな。誰かを失っても、その人がくれた愛が消えるわけじゃないんだ。むしろ、時が経てば経つほど育っていくんだよ、自分の中で」

いつもならきっと照れ笑いする場面なのに、金子さんは大真面目な顔のままだ。

「消えるわけじゃない」声に出して、繰り返してみる。

多分、金子さんに伝えようとしても、伝えきれないだろう。

今の言葉に、どれくらい私が救われたか。

私が今までおじいちゃんから受け取った愛は、逝かない。しぶとく私の中に根を張って、これからも私を支え、死ぬまでいっしょにいてくれる。それはきっと、残酷な現実に打ち勝つ最強の事実だ。

もうとっくにおさまったと思っていた涙が再び溢れる。ただし静かに、ほんの少しだけ。

金子さんは、ぽんと私の頭を叩いたあと告げた。

「今夜、一人にはできないよな。かといって、純也みたいなオオカミは置いていけないから、さっきみんなで相談して、奈央と田上さんが戻ってくることになった。ちょっとうるさいと思うけど、家に訪ねていくから泊めてやってくれるか。安心しろ。なかなか一人にはなれねえから」

不格好にひしゃげた顔で何度も頷きながら、私は、愛が消えずに育つという、金子さんの言葉の深みを味わっていた。

おじいちゃんの前では、泣かない。

金子さんは甘えてもいいと言ってくれたけれど、下町遺伝子は私にもしっかりと流れている。おじいちゃんに「ひつけえなあ、そんなに毎日来なくていいんだ」と言われながら病院に通い詰め、一度も泣かず、その日あったことを話しては、二人して笑い転げたし、時々、ケンカまでした。

奈央さんや、時にはわざわざ博多から田上さんが様子を見に来てくれ、柿本さんがアメリカから国際電話をくれることもあった。弟に会いに行くという大切な約束をキャンセルしたお父さんも連絡をくれて、おじいちゃんのお見舞いに来てくれるようになった。私がメッセージを送ったあと、おじいちゃんが自ら連絡を入れてくれたのだそうだ。

私は、お父さんの新しい奥さんと、生まれたての弟に、おじいちゃんの入院する病院で対面した。おじいちゃん曰く、お母さんによく似た気質の奥さんは、久しぶりに会った姉のように私の手を握り、「暮れとお正月は家に泊まりに来てね」とずいぶん先の話まで身内のように心配してくれたし、何度も弟を連れてお見舞いに来てくれた。弟は、生まれたての人間とはこんなにも神々しいものか、と涙ぐむほど清らかで、末期のおじいちゃんと半分血のつながった姉である私を、来る度に微笑ませたり大声で笑わせたりしてくれたのだった。

受験勉強を地道につづけながら、合格は確実だというところまで持っていけたのは冬のはじめだった。

ある寒い朝、おじいちゃんは、模試の結果表を見て「頑張ってるなあ」と目を細め、少し早い呼吸をしながら、言葉を継いだ。

「なあ楓、今日も空、きれいだなあ。じいちゃん、いつも工房にいたからな。空なんて、あんまり見上げてこなかった。まあ、後悔といっちゃ、それくらいかな」

「おじいちゃん」

じゃあ、今から外に行く？　と誘えるほど、おじいちゃんの状態は良くない。

「楓、泣き言なんて言わないつもりだったけどな。じいちゃん、おまえに謝らなくちゃ。成人式までいっしょにいられなくて、済まなかったな。葬式なんかは、全部、葬儀屋に頼んであるから。あと仏壇な、うちは簡単でいいから。白米なんて上げなくていいし、花もいらない。ただ、成人式には、仏壇の前まで、振り袖姿を見せに来てくれねえか」

「やだなあ。成人式どころか、就職の時も、結婚の時も、孫ができた時だって、ひつこく見せに行くからね」

おじいちゃんが、満足そうに、そしてちょっと苦しそうに、咳混じりの笑い声をあげる。もう黙って休んでればいいのに、力を振り絞って、さらに言葉をつづけてくれた。

「なあ、楓。じいちゃんを、楓のじいちゃんにしてくれて、本当にありがとうなあ。じいちゃんはこればっかりは楓に伝えねえと、死んでも死にきれねえと思って」

「うん――うん」

私だってありがとうを伝えたいのに、なかなか言葉にならなかった。

金子さんが言ってたよ。おじいちゃんがくれた愛は、ずっと私の中に残ってるんだって。それどころか、どんどん育っていくんだって。あの時、全部はわからなかったけど、これから色んな出来事があって、落ち込んだ時も、嬉しくて誰かと分かち合いたい時も、おじいちゃんの声がきっと聞こえるんだね。もし、将来子供が生まれたら、その子に感じる愛情で、きっとお母さんやおじいちゃんの愛がもっとわかるのかもしれないね。

どんな気持ちで私を見守ってくれていたか、どんな気持ちであの暗闇の公園に駆けつけてくれたか、本当の意味でわかるのかもしれないね。

ぜんぶぜんぶ、おじいちゃんが心配しないように今言葉で伝えたいのに、ごめんね、笑っているだけで精一杯だよ。

おじいちゃん、ありがとう。言いたいけど、お別れみたいだから、言わない。

手が冷たいね。こんなにさすってるのに。

もっともっと温めなくちゃ。もっともっと、頑張ってもらわなくちゃ。

本当にぎりぎりまで、おじいちゃんは、病室で椅子をつくりつづけ、完成させた。しかも二脚だ。痩せ衰えた腕でどうやったら手に力が入るのか、佐々木先生も不思議がっていたけれど、その椅子は純也が軽く絶望を感じるほど完成度の高いものだった。

椅子が完成したあとのおじいちゃんの容態は、日に日に悪くなって、頑張ってなんてとても可哀相で言えなくなって、受験が終わって合格発表を目前に控えたある春の兆しを感じる日に、ゆっくりと息を引き取った。

朝焼けのとても美しい日だった。

おじいちゃんの葬儀のことは、ところどころ、鮮明に覚えている。たった一人の特別なおじいちゃんなのに、よくある葬儀の手順を踏んで荼毘《だび》に付され、その日を迎えてしまった。

隣では、遺影を抱えて歩いている純也が、目を真っ赤に腫らしていた。

私も、胸がすごく痛くて、まだあの家の中におじいちゃんがいる気がしていた。気配だってちゃんと残っていて、それなのにおじいちゃんはもういないなんて、本当に信じられなくて。それでも仏事がつづく間も、毎日、三食しっかりいただいていた。あの日もきちんと食べて家を出た。これからも、いただきますとごちそうさまを繰り返して、毎日を生きていくのだと自分に言い聞かせながら。

「そういえば、じいちゃんのあれ、どうした？」

葬儀会場で、純也の問いかけに笑顔で答えた。

「すみっこごはんの厨房にあるよ」

「そうか。うん、あそこならぴったりだな」

おじいちゃんのあれ、とは、おじいちゃんが椅子の他にこっそりつくってくれていた、おたまやしゃもじなど、木の料理道具だった。

「あんな状態で、よくあんな細かい仕事までやったよな」

「うん、すごいよね」

おじいちゃんは、最期まで生き抜いたのだ。自分を生き抜くとはどういうことかを、教えながら逝ったのだ。

こんなにも愛を注いでくれて、ありがとう、おじいちゃん。

花に囲まれた遺影に向かって心の中でそっと呟いたけれど、この声は、おじいちゃんに聞こえているだろうかと自問した瞬間、声が届いているかどうか問いかけながら生きるこれからの孤独に、押しつぶされそうになった。

純也が、そっと背中に手を添えてくれなければ、くずおれていたかもしれない。

葬儀会場の窓の外で、空は優しい色に染まろうとしていて、明日も、美しい一日になりそうだと思った。

＊

合格発表のあった日、私はすみっこごはんを訪れ、合格をお母さんに報告し、しばらく一人で中に佇んだ。

大テーブルの表面をそっと指でなぞると、今にも皆の声が聞こえる気がする。

「きっと今頃、みんなも頑張ってるよね」

皆が集った大テーブルに肘をつき、一人一人の姿を想い浮かべてみる。

お惣菜カフェを開いた一斗さんと奈央さんは、なかなかお店が繁盛しているようで、この間はついにお店の外に行列ができたという。一斗さんには内緒らしいけれど、奈央さんはお店用のトイレットペーパーを十ロール頼むつもりが、誤って百ロール頼んでしまい、届いた大量の段ボール箱を苦労して送り返したらしい。

丸山さんは、八王子の子供食堂でも相変わらずの毒舌を発揮し、通ってくる子供達から恐れられつつも慕われているそうだ。

田上さんは博多の郷土料理を習いながら、博多弁もいっしょにマスターしていて、この間の電話で、江戸弁と博多弁が入り交じった摩訶不思議な言葉を話して笑わせてくれた。田上さんのもとへは、夏休みにアルバイトでお金をため、奈央さん達といっしょに遊びにいく予定だ。

柿本さんは、トレーナーとして修行を積むはずが、その有能ぶりが認められて逆にコーチングを頼まれたと前川さんが教えてくれた。中でも、ダイエットに苦しむ選手のためのお弁当メニューが大好評なのだそうだ。ただし、柿本さんとは、ついこの間、この場所で会ったばかりだ。チャンピオンの防衛戦がある関係で、一時帰国していたのだ。

ちょうど今と同じ、夕方の五時半少し前。いつもすみっこごはんの締め切り時間ぎりぎりに駆け込んでくる時のように、たてつけの悪い戸をガタピシと上下させて、柿本さんはやってきた。

「わりい、遅れたか？」

「いえ、ちょうど時間です」

逆光の中に、以前より少しほっそりとした姿で立つ柿本さんを見て、知らずに口元がほころんでしまった。柿本さんの両目には強い光が宿っていて、アメリカでの生活がとても充実していることが知れた。

「すまないな、あんまりゆっくりできなくて。これが、レシピノートだ」

古ぼけた一冊が、大テーブルの上に壊れ物のように優しく置かれた。このノートをなぜ柿本さんが持ち去ってしまったのか。その理由を、聞かせてもらう約束になっていた。

柿本さんは、おじいちゃんの葬儀に出られなかったことを丁寧に詫びたあと、大きく息を吐き出し、やがて覚悟を決めたように話しはじめた。

「まず、謝らせてくれ」

「いえ、謝るだなんて」

慌てる私を素通りして、柿本さんは永久予約席の前に立ち、深く頭を下げたのだった。

「由佳さん、済まない。俺にはどうしても、できなかった」

お母さんに頭を下げる背中を見守りながら、あまり驚かない自分がいた。

「どうしてこんなことしてるか、聞かねえのか？」

振り返って柿本さんが意外そうに尋ねてきた。

「はい。柿本さんがノートを持ち去るとしたら、そういうことなのかなって。お母さんにそうするように言われたんですよね」

あれから、色々と考えたのだけれど、お母さんのためにこの場所をつくり、守ってきた柿本さんがノートを持ち去るとしたら、やはりお母さんのためしかないだろうと思ったのだ。

「そうか。由佳さんも楓も、どうも勘が鋭くて嫌だな」

柿本さんはそう言って、どこか遠い場所へとピントを合わせるように少し目を細めた。

「でも、俺もあの人の遺言に忠実だったわけじゃないんだ。由佳さんは、本当はこのノートを持ち去るだけじゃなくて、完全に処分することを望んでた。楓が十分にレシピを習得したら燃やしてしまうようにって、それはもう、きつく言われてたんだ」

「でもどうしてそんなことを？　こんなに皆に愛されてるレシピなのに」

半分は理由を予想しながらも、敢えて尋ねた。

「俺に自由でいろって言ったのと同じ理由だよ。由佳さんは、このレシピに必要以上に楓が縛られることを嫌ったんだ。死んだ母親の幻を抱えて生きるよりも、楓には、自由に人生を楽しんでほしいって。でもなあ、いざとなると、どうしても燃やせなくてなあ。だってそうだろう？　由佳さんが生きた最後の証を焼くみてえで、俺にはとても」

柿本さんがうなだれた。きつく握られた拳は、遺言の実行を確かに拒んでいた。

「でもまさか、日本で警察沙汰にまでなってるなんて思わなくて、本当に済まなかった。おまけに、沢渡さんが大変なタイミングで、辛い思いさせちまったなあ」

「いえ、いいんです。向こうで大変だったって、金子さんからも聞きましたし」

慣れない向こうでの生活と武者修行を兼ねたハードな練習、コーチングの勉強。マンションに帰ってごはんを食べたあとは、寝るだけの日々がつづいていたそうだ。だから、ようやく丸山さんや金子さんからの着信やメッセージに気がついた時には、かなりの時間が経ってしまっていたのだという。

「さて、と。これをどうする？」

柿本さんの視線は、まっすぐにレシピノートへと注がれていた。

今度は私が永久予約席の前に立つ番だった。一度深呼吸してから、お母さんに語りかける。

「ねえお母さん。お母さんは、ちょっと想像力がなさすぎじゃないかな。だって、これは、私だけのものじゃないんだよ。皆のものでもあるし、いつか私に子供ができたら、その子が受け取るばあばのレシピでもあるんだよ？　それを燃やす権利なんて、誰にもないよ。たとえお母さんにだって」

「楓――」

柿本さんが背後で鼻を啜る音が響いた。

「それに、お母さんは私を見くびりすぎ。レシピノートがあってもなくても、私はお母さんに囚われたりしない。すみっこごはんを、今よりもずっと強い場所に育てるって、自分の意思で自由に決めたんだもん。だから、ノートはこのまま、残しておいていいかな？　いいよね？」

柿本さんは、元のフックに吊されたレシピノートを見て、「いい眺めだなあ」としみじみ呟いていた。

そんなわけで、レシピノートは今もフックにぶら下がっていて、その脇には、おじいちゃんお手製のおたまやしゃもじも並んでいる。確かに、とてもいい眺めだ。

あの日のように永久予約席の前に立ち、深呼吸をして告げた。

「お母さん、私も楽しむよ。おじいちゃんが椅子をつくっていた時みたいに、これからもずっと楽しんで生きていくよ。だから、心配しないでね」

もう一度すみっこごはんの隅々まで網膜に焼き付けたあと、ようやく外に出た。冷たく乾いた空気に頬を晒し、改めておんぼろの建物を見上げてみる。

大学は東京の反対端にあるから、五時半に集合できない日が私も多くなる。そういう事情もあって、活動のことはしばらく金子さんに一任することになっている。

といっても、金子さんも仕事があるから、毎日開催できるかどうかはわからない。すみっこごはんのルールも、もはや保てないかもしれないけれど、それでも、この場所は形を変えてつづいていく。そのことだけは確かだ。

息を吐いて鍵を閉めたあと、ゆっくりと細い路地を進んで目抜き通りへと出る。

行って来ます、と言い忘れたことに気がついて振り返ったけれど、もうすみっこごはんは見えなかった。

光文社文庫

文庫書下ろし

東京《とうきょう》すみっこごはん　レシピノートは永遠《えいえん》に

著者　成《なり》田《た》名《な》璃《り》子《こ》

2020年11月20日　初版1刷発行

発行者　鈴木広和
印刷　新藤慶昌堂
製本　ナショナル製本

発行所　株式会社 光文社
〒112-8011　東京都文京区音羽1-16-6
電話（03）5395-8149　編集部
8116　書籍販売部
8125　業務部

ISBN978-4-334-77916-0　Printed in Japan

組版　萩原印刷